琼 瑶

作 品 大 全 集

烟锁重楼

琼瑶

著

作家出版社

琼瑶，本名陈喆，作家、编剧、作词人、影视制作人。原籍湖南衡阳，1938年生于四川成都，1949年随父母由大陆赴台生活。16岁时以笔名心如发表小说《云影》，25岁时出版首部长篇小说《窗外》。多年来笔耕不辍，代表作包括《烟雨蒙蒙》《几度夕阳红》《彩云飞》《海鸥飞处》《心有千千结》《一帘幽梦》《在水一方》《我是一片云》《庭院深深》等。

多部作品先后改编成为电影及电视剧，琼瑶也因此步入影视产业。《六个梦》系列、《梅花三弄》系列、《还珠格格》系列等，影响至深，成为几代读者与观众共同的记忆。

琼瑶以流畅优美的文笔，编织了众多曲折动人的故事。其作品以对于梦的憧憬和爱的执着，与大众流行文化紧密结合，风靡半个多世纪，成为华文世界中极重要的文学经典。

我为爱而生，我为爱而写
文字里度过多少春夏秋冬
文字里留下多少青春浪漫
人世间虽然没有天长地久
故事里火花燃烧爱也依旧

                            复 禄

第一章

民国十年七月十日，安徽白沙镇。

梦寒第一次看到曾家那巍峨的七道牌坊，就是在这个夏天的早上。那天是她嫁到曾家的大喜之日。这个早上，她不只见到了名不虚传的"曾家牌坊"，也见识了名不虚传的"曾家排场"。而且，也是这天早上，她第一次见到她的丈夫曾靖南，和她生命中的另一个男人——江雨杭。这个早上所发生的事，是她这一生永远永远也不会忘记的。

这天的白沙镇真是热闹极了。几乎全镇的居民都出动了，大家一清早就跑到曾家牌坊下面去等着，争先恐后地要看新娘子"拜牌坊"。新娘子拜牌坊，是曾家家族的规矩，任何其他地方都看不到的。曾家这七道牌坊远近驰名，不只是整个白沙镇的光荣，也是整个徽州地区的光荣。它们分别是功德坊、忠义坊、贞节坊、孝悌坊、贤良坊、廉政坊和仁爱坊。一个家庭里能拥有这么多的美德，并惊动许多皇帝下旨建坊，实在是太不容易。难怪这些牌坊成为曾家最大的骄傲，也难怪多年以来，会有一大堆与牌坊有关的习俗。新娘子拜牌坊，就是其中最戏剧化、最花哨，也最壮观的一项。

曾家已经有二十年不曾办过喜事了。上一次办喜事，还是曾牧白结婚的时候。曾家什么都不缺，就是人丁不旺，已经是三代单传。曾靖南又是个独子，如果错过了这次看新娘拜牌坊的机会，恐怕又要再等个二三十年。难怪全镇的老老少少、男男女女，都要挤到这牌坊下来看热闹了。大家呼朋唤友，吵吵嚷嚷，挤来挤去，简直是万头攒动，人声鼎沸。

"快快快……第三道才是贞节牌坊，新娘子只拜贞节牌坊，不拜别的，快占位子呀！到这边来呀！"有过经验的人拼命吆喝着那些没有经验的人。

"哎呀！吹鼓手已经来了，新郎骑着一匹大白马，好威风啊！""看呀！看呀！花轿过来了呀！喜娘就有十二个，真好看呀！""啊呀，这迎亲队伍简直有一里路长，实在太盛大了……""听说新娘子是从屯溪娶来的，真有福气，能嫁到白沙镇曾家来，一定是前生修的……"

大家你一言，我一语的，叫着喊着，兴奋得不得了。

在这一片吵嚷声中，喜乐队伍，已经浩浩荡荡而来。先是举着"囍"字和华盖的仪仗队，然后是乐队，乐队后面，是身穿红衣，骑着白马的新郎官，再后面，是分成两列的十二个喜娘，再后面，是八个轿夫抬着的大红花轿。轿子上的帘幕，全是描金绣凤，华丽极了。再后面，是两列眉清目秀的丫头。所有的队伍，连丫头带喜娘，都是一身的红。在七月灿烂的阳光下，真是明丽耀眼，使人目不暇接。

围观的群众，一见到花轿出现，就更加兴奋了，大家拼命地往前挤，都挤到牌坊下的石板路上来了。曾家是由曾牧白的义子，一个名叫江雨杭的年轻人，带着上百名家丁和漆树工人，在维持着现场秩序。江雨杭和工人们，每人手中都拿着一根木棍，分站在道路的两旁。棍子上都系着红缎带，他们横着木棍，拦住两边的群众。雨杭不住地对人群拱手为礼，大声地说："各位乡亲，得罪得罪，请往后面退一点，别挡着通路！对不起，对不起！"人群往后面退了一些，可是，棍子一个拦不牢，人群就又蜂拥而上。常常一大堆人都摔跌到石板路上来，场面简直难以控制。梦寒坐在花轿里，眼观鼻鼻观心。喜帕蒙着头，她正襟危坐，动也不敢动。轿子摇摇晃晃的，已经摇晃了好几小时了。天气很热，她那凤冠霞帔下，早已是香汗淋漓。这一路上，她听着那吹吹打打的鼓乐声，心里是七上八下，思潮澎湃。这个婚事是哥哥做的主，曾家是这么大的望族，能够联姻，哥哥觉得很有面子。梦寒父母双亡，哥哥下个月就远调到四川去，所以，婚期等不及到秋凉时再办，冒着暑气，赶着就办了。要嫁到这样一个名门中来，梦寒实在有些怯场。不知道新郎的脾气好不好？不知道公公婆婆，还有那个老奶奶会不会喜欢自己？更不知道那些曾家的规矩，自己能不能适应？她就这样想来想去的，一路想到了白沙镇。然后，她感觉到轿子的速度放慢了，听着轿外的人声鼎沸，她知道，终于到了曾家牌坊。虽然事先，她在家里就练习过"拜牌坊"，不过是跪着磕几个头而已，应该没有什么好害怕的。但是，现在，听到这么多的人声，呼叫声，吆喝声，笑声……她竟浑身都紧张起来。然后，鼓乐声戛然停止。

接着，是一个司仪在高唱着：

"停轿！"轿子被放下了。梦寒在轿子中冒着汗。

"请新娘下轿！"司仪再唱。

轿帘掀开了，白花花的阳光一下子就闪了进来，映着那红色的喜帕，炫耀得梦寒满眼都是亮亮的红。她的头晕晕的，心脏怦怦怦地跳个不停。还在怔忡间，慈妈和另一个喜娘已经伸手进来扶着她，把她搀出轿来。因为坐了太久，双脚都有些发软，走出轿子时，忍不住踉跄了一下。慈妈慌忙在她耳边说："别慌！别慌！慢慢来！我扶着你呢！"

慈妈是她的奶妈，因为舍不得她，而跟着"嫁"了过来。幸好有慈妈，否则，她更不知道要慌乱成什么样子。

"新娘子出来了！新娘子出来了……"群众吼着叫着。

梦寒被搀扶着面对贞节牌坊，已有丫头们在牌坊下摆上了红色的跪垫，司仪用他那特殊的腔调，又开始高唱：

"维辛酉太平年，团圆月，和合日，吉利时，曾氏嗣孙曾靖南，娶夏家长女梦寒为妻，以此吉辰，敢申虔告……"

梦寒就在这唱礼中，盈盈就位。司仪继续高喊：

"请新娘叩拜贞节牌坊！跪！一叩首！再叩首！三叩首！"

梦寒依着司仪的指令，一一行礼如仪。围观的群众，有的鼓掌，有的高叫，有的欢呼，有的大笑……情绪都非常激昂。终于，她磕完了三个头。司仪又在高呼：

"起！"

梦寒在慈妈和喜娘的搀扶下，慢慢地站了起来。奇怪的事情就在此时发生了。忽然间，一阵风对梦寒迎面吹来，竟把她的喜帕给吹走了。梦寒大惊之下，直觉地用手一捞，没有捞着，她抬眼一看，那喜帕居然在空中飘然翻飞，飞呀飞的，就落到一个年轻人的肩膀上去了。群众都抬着头，目瞪口呆地跟着那喜帕的方向看去，等到喜帕落定，大家才忍不住哗然大叫起来。原来那年轻人不是别人，正是曾牧白的义子江雨杭。这喜帕落在他肩上，使他也愣住了。情不自禁地，就对梦寒看过来。梦寒在惊怔当中，也对雨杭看过去，就和雨杭的眼光接了个正着。她不禁心中猛地一跳，好俊朗的一张脸！好深邃的一对眼睛！此时，群众已纷纷大喊了起来：

"看呀！看呀！看新娘子呀！长得好漂亮啊……"

"哇！还没洞房，老天爷就来帮忙掀盖头啊……"

梦寒蓦地惊觉了，急忙低眉敛目。赶快再眼观鼻鼻观心，同时，慈妈已飞快上前，把手中的一方帕子，遮住了梦寒的脸。梦寒在被遮住脸的一瞬间，看到前面的靖南回头在嚷着：

"雨杭，你搞什么？还不赶快把头盖给她盖起来？"

"哦！"雨杭顿时醒觉，拿起肩膀上的喜帕，就往梦寒这边走来。原来他的名字叫雨杭。梦寒模糊地想着，心里的感觉是乱糟糟的。但是，雨杭的帕子还来不及交还给梦寒，一件更奇怪的事发生了。忽然间，音乐大作。从牌坊的另一头，丝竹唢呐的声音，呼啸而来，奏的却是出殡时所用的丧乐。大家惊讶地大叫，纷纷转头去看。只见一列丧葬的队伍，竟穿过牌坊，迎面走向花轿。这列丧葬队伍，人数不多，只有十几二十个人，却人人披麻戴孝，举着白幡白旗，为首有两个小伙子，一个手里高举火把，另一个高举着一个和真人一般大小、纸糊的假人，假人梳着两条长辫子，画着眉毛眼睛，看得出来是个姑娘。在这假人的胸前，写着三个大字："卓秋桐"。这对小伙子后面，是一对老夫妻，手里捧着有"卓秋桐"三个字的牌位。再后面，有几个人吹着唢呐，有几个人撒着纸钱。他们一行人，一面直接扑向花轿，一面惨烈地呼号着：

"曾靖南！卓秋桐尸骨未寒，你敢让新娘子进门吗？"

围观的群众，都忍不住大声惊叹。简直没看过这么好看的戏，大家更加骚动了，争先恐后地往前挤，个个伸长了脖子，要把情况看清楚。七嘴八舌，议论纷纷。

梦寒被这样一个突发状况给吓住了，完全不知道是怎么回事，但是，对方既然提到"新娘子"，显然是冲着这个婚礼而来。她傻傻地站着，手足无措。慈妈震惊得那么厉害，也忘了去遮新娘的脸了，睁大了眼睛，目瞪口呆。

"曾靖南，你好狠心呀！"那手举纸人的少年对着新郎大叫，"你看看她！"他举起纸人，对骑在马背上的靖南摇晃着，"这是我姐姐卓秋桐，你辜负了她，逼死了她！今天居然还敢大张旗鼓地迎亲，你就不怕苍天有眼吗？"

靖南原本喜滋滋的脸，在刹那间就转白了。他回头直着脖子喊："雨杭！雨杭！你怎么没有把卓家的事摆平？"

雨杭急忙赶了过来，拦在靖南的前面，对那队人马着急地喊："为什么要这样闹呢？无论如何，曾家是在办喜事，有什么话，回头我上你们家去说！卓老爹、卓老妈、秋贵、秋阳……"他一个个喊过去，"你们看在我的面子上，赶快离开这儿吧！""江少爷，"那卓老爹往前一站，老泪纵横地说，"我们卓家，事事都听你江雨杭的！唯有这一件，没办法听你的！我的女儿，秋桐，她死得冤哪！"

一句话使那卓老妈放声痛哭了起来，一面哭着，她一面呼天抢地地喊："秋桐！你显显灵！谁欠你的债，你找谁去还哪！"

"太不像话了！"靖南勃然大怒，回头喊，"老尤！老杨！带人把他们给拉下去！竟敢在今天来搅我的局，简直是吃了熊心豹子胆……"靖南的这几句话，使那些卓家的人，个个怒发如狂了。手拿火把的秋贵，举着火把往马鼻子下一送，惊得那匹马仰头狂嘶，差一点没把靖南给从马背上掀翻下来。秋贵对着群众大叫起来："各位乡亲，你们大家评评理！咱们家穷，我妹妹秋桐，为了让弟弟秋阳念书，所以到曾家去当丫头，谁知这曾靖南不是人，占了秋桐的便宜，他怕秋桐嚷嚷开来，就对天赌咒发誓地说，要娶秋桐为妻，说不是大夫人，也是个二夫人，秋桐认了真，死心塌地地跟了他……"

"快叫他闭嘴！"靖南在马背上暴跳如雷，"别让他在那儿胡说八道，妖言惑众！全都是假话，没有一个字是真的！"

"曾靖南！你要不要脸？"秋阳往前一冲，举着纸人，悲切地喊着，"你还敢说没有一个字是真的？你忘了你还给了我姐姐一块玉佩作为信物……"

"玉佩？"靖南冒火地大叫，"那是她偷去的！"

"天啊！"卓老妈哭着嚷，"天下竟有这样无情无义的人！秋桐死得冤哪！秋桐是那么相信他……可他的结婚日子一定下来，他就和现在一样，什么什么都不承认了，不但不承认，还把秋桐赶回家来，可怜的秋桐，一个想不开，就上了吊……各位乡亲，他们曾家有钱有势有牌坊，可就没良心哪……"

"雨杭！雨杭！你是存心要我好看是不是？"靖南对着雨杭大吼大叫，"你是在听故事还是在听说书呀？手里拿着棍子，不知道怎么用吗？还不给我打！"他回头又喊，"老尤！老尤！把他们打走……""不许打人！"雨杭大吼了一声，声音既响亮又有力，那些手持木棍、蠢蠢欲动的家丁立刻就退了回去。雨杭转向卓家的人，弯腰行了一个大礼，诚挚地说："请相信我，秋桐的事，我一定想一个办法，让死者能够安息。请你们也撤退了吧！这样实在是太难看了！对于死去的秋桐，又有什么帮助呢？""就因为姐姐已死，这个悲剧已经再难挽回，我们才这样痛不欲生呀！"说话的是才十六岁的秋阳，他是白沙中学的高才生，长得眉清目秀，气宇不凡，"可是，这曾靖南一点歉意都没有，始乱终弃不说，还硬栽给我姐姐各种罪名，让人忍无可忍！你看他那副样子……"他咬牙切齿地说，"简直是衣冠禽兽！""喂喂！雨杭，你别跟他们婆婆妈妈了，我都被骂得狗血淋头了，你还在那儿跟他们客气……老尤！老杨！大昌！大盛……都来呀！给我打！"

"混蛋！"秋贵暴吼了一声，"你简直不是人！我跟你拼了！"

说着，他把手里的火把，对着那马鼻子舞来舞去，这一下，那匹已经非常不安的马更加惊吓，扬起前蹄，一阵狂嘶，靖南坐不住，在众人的一片惊呼中，跌落在地上。雨杭和众家丁都奔上前去搀扶，叫少爷的叫少爷，叫靖南的叫靖南……那匹受惊的马就对人群奔窜了过去，群众尖叫着，躲的躲，逃的逃，场面一片混乱。在这片混乱中，秋贵和秋阳两兄弟，已经把那纸人点燃，就在梦寒的花轿前燃烧了起来。纸人是用结实的竹架子架着的，一阵噼里啪啦，火舌就疯狂地往上蹿升，烧得十分猛烈。

"梦寒，快退，快退！"慈妈和喜娘拉着梦寒就往后退，奈何花轿拦在后面，人群又挤在花轿后面，根本退无可退。

"秋桐！"秋阳悲怆地仰天狂叫，"冤有头债有主，你如果死不瞑目，就去找那个负你的人，和他一起化为灰烬吧！"

"烧啊！烧啊！烧啊……"卓老妈哭喊着，"秋桐，你来啊，烧了曾家的牌坊，烧了他的婚姻，烧啊，烧啊……"

靖南被雨杭和家丁们扶了起来，已经万分狼狈，再一看，火舌四蹿，而卓家的人，个个如疯如狂，势如拼命。不禁吓得掉头就跑，失声大叫："不好了，他们全家都发疯了，他们要烧死我呀！雨杭，雨杭，救命啊……"

秋贵见靖南拔腿就跑，拿着火把就追了上去，把火把对着靖南用力掷出。靖南一闪身躲过，那火把竟不偏不倚地插在花轿顶端。顷刻间，花轿就燃烧了起来。慈妈尖声大叫：

"小姐！小姐！快跑呀！小姐呀……"

梦寒早已被这种场面惊得面无人色。身上的金银首饰又多，层层披挂，头上的那顶凤冠，又大又重，压得她整个头都抬不起来，何况，前后左右，都挤满了人，她实在不知道要怎么样逃。就在这样一犹豫间，她的裙摆已经被火舌卷住了。慈妈惨叫："老天啊！谁来救我们小姐啊……"

就在此时，雨杭整个人飞扑了过来，他已脱下身上的长衫，把它卷在手上，他一手拉住梦寒的胳臂，用另一手里的长衫对着梦寒的裙摆一阵猛扑，居然把火给扑灭了。同时，家丁们也纷纷效法，把花轿的火也扑灭了，但那花轿的顶也烧没了，门帘也烧掉了一半，好不凄惨。梦寒惊魂未定，抬起头来，再度接触到雨杭关心而深邃的眸子。就这样四目一接，雨杭已迅速地掉转头去，忙着收拾那零乱的场面。

"老杨、老尤，快把少爷给追回来。大昌、大盛，你们去追那匹马！耀升、耀威，你们把队伍再组织起来！阿光、阿华，收拾地上的东西……"

迅速地交代完后，他走向卓老爹等一行人。

"卓老爹，人死不能复生，今天闹成这样，你们或多或少，也出了一些气，冤家宜解不宜结，到此为止吧！明天一早，我会去你们家，千言万语，等明天再说吧！"

卓老爹还没说什么，秋阳往前一站："江大哥，话都是你一个人在说，他们曾家还是颠倒黑白，血口喷人，让我们百口莫辩，这口气我们怎么能咽呢？"

秋阳的话刚说完，人群中走出了一个十分标致的女孩子，只有十五六岁，梳着两条小辫子，穿着一身光鲜亮丽的红色衣裳，一看就知道是曾家的人。她径直走到秋阳面前，扬起一对黑白分明的大眼睛，近乎恳求地说：

"秋阳，不要再闹了，好不好？我哥哥虽然有千般不是，可我的新嫂嫂没有一点错，闹成这样，你们让新娘子怎么受得了呢？"梦寒心中一痛，不由自主地，眼光就飞快地对那少女看了过去，多么年轻的姑娘，却说进了她的内心深处。这，就是靖萱给梦寒的第一个印象。在梦寒以后的生命里，她会和靖萱成为最知己的姐妹，也就因为这次的缘故。

"靖萱说得对，"雨杭接了口，"不看僧面看佛面，怎么样？"

秋阳愣了一下，眼光从靖萱脸上转到雨杭脸上，从雨杭脸上又转到靖萱脸上，见两人的表情都十分诚挚，就不再说话，转头去看卓老爹。卓老爹看了一眼狼狈不堪的新娘子，见到梦寒衣服也烧破了，凤冠也歪了，脸上的妆也被汗水给弄花了，大睁着一对惊惶的眼睛，站在那儿不知所措。当下，心中一软，重重地跺了一下脚，说："罢了！罢了！咱们撤！"

"爹说撤，咱们就撤吧！"秋阳对秋贵说。

"曾靖南！"秋贵仍然愤恨难消，对着靖南的背影挥着拳头，"你这样的人不配有好姻缘！你这样的人也不会有好下场！老天会看得清清楚楚，记下你每一笔账！"

梦寒听着这样的诅咒，感到一阵鸡皮疙瘩，掠过了自己的全身。七月的阳光是那么灿烂，但，梦寒却觉得自己眼前全是乌云，而且，阳光已没有丝毫的热度，变得冰冷冰冷了。她呆呆地站着，不知要把这样的自己，做如何的安排。新娘子应有的喜悦，至此已荡然无存。剩下的只有恐惧、担忧、害怕，和一种茫茫然的感觉，像是沉溺在无边无际的大海中，不知何处是岸。卓家是怎样撤离的，她已经弄不清楚了；她是怎样回到那顶破损的花轿里去的，她也弄不清楚了。她只知道，她那天照样进了曾家的祠堂，拜了曾家的祖宗，进了曾家的大厅，拜了天地，拜了曾家的奶奶和高堂。每个步骤的礼仪，她都一一做去。虽然心里充满了困顿，充满了挫折和无助感，她却不知道能怎样去抗拒属于自己的命运。最后，在一大堆的繁文缛节之后，她进了洞房。

在洞房里，那块被风掀走的喜帕又蒙回到她的头上。新郎照样用秤杆挑开了那块头盖，喜娘和宾客们照样又拍手，又叫好，又闹房。整个曾家似乎不曾发生牌坊下的事情一般，贺客盈门，觥筹交错，爆竹和烟花，在庭院中喧嚣地爆裂，那些闪亮的花雨，把黑暗的天空都照亮了。可是，梦寒一直都像做梦一样，神思恍惚，情绪低落。她不知道世间有没有第二个新娘，有她这样的遭遇？坐在那床沿上，她有很长一段时间，等待着新郎从喜宴上回来"圆房"。在这段时间里，她有了一份模糊的期望，新郎一定会向她解释一下，牌坊下发生的事是怎么回事。一定只是个误会！她脑子里浮现出靖南的脸孔：俊眉朗目，文质彬彬。这样的世家子弟应该是不凡的！哥哥的选择不会错的……她就这样坐在那儿，拼命安慰着自己那颗零乱的心。终于，新郎应酬已毕，回到新房中来了。照例又有许多规矩，闹房的客人来了一批又一批，丫鬟、喜娘在房中穿来穿去……终于终于，闲人散尽，房里只剩下新郎和新娘了。慈妈最后一个离开，不太放心地说了一句：

"新郎新娘，称心如意，欢欢喜喜啊！"

"好说好说……"靖南有些不耐烦，"哇！怎么有这么多规矩？简直是折腾人嘛！"

慈妈退下。房里红烛高烧。

靖南坐上了床，带来一股刺鼻的酒气，他伸手去托她的下巴，笑嘻嘻地去看她的眼睛。

"他们说给我娶了个美人，我一直半信半疑，今天在牌坊下，风一吹，把头盖给掀了，我才知道果然如此！"

梦寒把头垂得低低的。奇怪他怎么笑得出来？但是，他提到牌坊，一定是要向她解释牌坊下的事了。她等待着。谁料，靖南下面没词了，伸手到她脖子上，摸摸索索地要去解那衣服上的扣子。梦寒大失所望，身子本能地一侧，就躲开了他的手。靖南愣了愣，再去看她的眼睛，这一看，梦寒眼中竟滚落了两滴泪。靖南呆怔了两秒钟，抬脚把一只鞋子脱掉，狠狠地摔了出去，大骂了一句：

"晦气！怎么人人要给我脸色看？连你这个新娘子也不例外？我怎么会这样倒霉？"

梦寒的心，顿时往下掉，沉进了一口深不见底的井里去了。靖南已没有什么情绪来管梦寒的心了。经过这样漫长的一天，他累了。把另一只鞋子也扔了出去，他和衣翻上了床，掀开被褥，他用力地捶捶枕头，又用力地捶捶棉被，然后重重地躺下，好一阵乒乒乓乓之后，就酣然入梦了。

梦寒呆呆地坐在那儿，动也不动。下意识地看着桌上高烧的红烛，红烛上的两簇火焰在跳跃着。跳着跳着，就变得无比的巨大，依稀是燃烧的纸人，也依稀是燃烧的花轿。她耳边又响起卓老妈那惨烈的哭喊声：

"烧啊！烧啊！烧啊……秋桐，你来啊，烧了曾家的牌坊，烧了他的婚姻，烧啊，烧啊……"

梦寒不禁激灵灵地打了个寒战，悄眼去看靖南，他已睡得很香很沉了。她简直不敢相信，经过这样的一个婚礼，他怎么还睡得着？怎么可能呢？怎么可能呢？到底，她嫁了怎样一个丈夫呢？

第二章

第二天，新娘子的大事，是拜见家里的每一分子。

曾家全家的人都聚集在大厅中，梦寒一个个地奉茶。

第一杯茶奉奶奶，梦寒看着那张不怒而威的脸孔，看着那庄重肃穆、不苟言笑的表情，再看着她手中拿着的那根沉重的龙头拐，几乎立刻能断定，她就是这个家庭里的最高权威。后来，证明了梦寒的判断丝毫不错。

第二杯茶奉公公曾牧白。牧白面貌清秀，恂恂儒雅，气质高贵。他年轻时一定是个美男子，现在，即使已年近五十，仍然给人一种风度翩翩的感觉。他的眼神很柔和，带着点儿难以觉察的忧郁。看着梦寒的眼光，几乎是充满歉意的。梦寒明白了，尽管靖南对"火烧花轿"的事件满不在乎，牧白却是十分在乎的。第三杯茶奉给婆婆文秀，文秀对梦寒慈祥地笑了笑。她是个相貌端庄，看起来十分恬静的女人，看得出来，她对老夫人执礼甚恭，对牧白也相当温顺，梦寒相信，她对靖南和靖萱，大概也不会大声大气的。一个在三代的夹缝中生存的女人，大概也有她的难处吧！

第四杯茶奉给小姑靖萱。后来，梦寒才知道，靖萱今年才刚满十五岁，难得的是，竟然那么解人！她接过了梦寒的茶，用一对清灵如水的眸子，温温柔柔地凝视着梦寒。她面目姣好，眉目如画。有白皙的皮肤和漆黑的头发，看起来又纯洁，又雅致，又美丽，又细腻，像一个精雕细琢的艺术品。梦寒立刻就爱上了这个女孩。

第五杯茶奉给了江雨杭。在一大家子姓"曾"的人当中，出来一个姓"江"的，确实有些奇怪。梦寒对雨杭的感觉，是非常奇异而强烈的。昨天那阵怪异的风，在梦寒的脑海中，曾经一再地吹起。至于他对卓家的态度，扑过来救火的勇猛，处理事情的明快……和他那对深邃的眼睛，都使她记忆深刻。这个人，到底是谁呢？"梦寒，"牧白似乎看出了梦寒眼底的迷惑，解释着说，"雨杭是我的义子，其实和亲儿子也没什么分别，曾家有好多的事业，现在都是雨杭在管理，曾家那条泰丰号货船，也是他在经营。他是我的左右手，也是靖南的好兄弟，以后你们就直呼名字吧！不必和他拘礼！"

梦寒看着雨杭，接触到的，又是那对深邃的眸子。他有一对会说话的眼睛，她模糊地想着，不知怎的，竟不敢和他的眼光相遇。她很快地对他扫过一眼，看到他唇边掠过了一丝难以觉察的微笑，笑得有一点儿苍凉。他看起来比靖南大很多，五官的轮廓都很深，是张有个性的脸。他身上有种遗世独立的飘逸，以及某种难以描述的沧桑感，使他在整个曾家，显得非常特殊。就像在一套细瓷茶杯中，杂进了一件陶器似的。奉茶的仪式结束后，大家围坐在大厅里，照例要话话家常，增加彼此的认识。早有丫头们重新沏上了几壶好茶，又奉上了精致的点心。靖南还没坐定，就不耐烦地呼出一大口气，对奶奶说："奶奶！卓家的事让我太没面子了！好好一个婚礼，给他们闹成那样，我实在气不过，雨杭根本没把事情解决，说不定他们还会来闹，依我看，不如去告诉员警亭，让石厅长把他们全家都抓起来……""哥！等会儿再说嘛！"靖萱看了梦寒一眼。

"算了！已经闹到火烧花轿的地步，还要瞒梦寒吗？"奶奶一针见血地说，语气里充满了气恼。看着梦寒，她叹了口气，坦率地说："昨儿个在牌坊下面，让你受到惊吓，又受到委屈，都是咱们曾家事情没办好。你可别搁在心里犯别扭。"

梦寒点了点头，没敢说话。

"这件事说穿了，就是树大招风！"奶奶继续说，"秋桐在咱们家里待了五年，一直跟着靖南，咱们做长辈的也疏忽了，这丫头居然就有了非分之想。可是，咱们这种家庭，怎么会容纳秋桐呢？谁知她一个想不开就寻了短见，卓家逮着这个机会，就闹了个没了没休。我想，就是要钱。"老夫人认为对梦寒解释到这个程度，已经够了，转头去看雨杭，"雨杭，你到底给了多少？为什么他们家还不满意？你怎么允许他们闹成这样？""奶奶，"雨杭皱了皱眉头，有些懊恼地说，"这事是我办得不好，可是，那卓家的人，个个都很硬气，他们始终没收一个钱，随我说破了嘴，他们就是不要钱，我也没料到他们会大闹婚礼!""不要钱?"老夫人一怔,"不要钱,那他们要什么?"

"他们……"雨杭有些碍口,看了牧白一眼。

"说吧!"奶奶的龙头拐,在地上"咚"地跺了一下。

"他们说,"牧白接了口,"希望秋桐的牌位,能进咱们家的祠堂,算是靖南正式的小星。"

奶奶眼睛一瞪,脸色难看到了极点。

"什么话?"她勃然大怒地问。

"您先别气,"文秀急忙说,"咱们自然是没有答应,所以事情才会僵在那儿,本以为忙完了婚事,再来处理也不迟,谁知道会弄成这样……""这件事怎么能等呢?你们就是做事不牢!"奶奶气呼呼地说,"牌位进祠堂明明就是在刁难咱们,是敲诈的手段!他们要秋桐的牌位进曾家祠堂干什么?能吃能穿吗?你们用用脑筋就想明白了!""我看他们并不是敲诈,"雨杭摇了摇头,"那卓家一家子的人,脾气都很别扭,他们咬定秋桐不进曾家,会死不瞑目。认为事到如今,已无法挽回秋桐的生命,只能完成她的心愿,以慰在天之灵。""岂有此理!他们太过分了……"奶奶怒声说,"曾家的祠堂,是什么人都可以进的吗?又没三媒六聘,又没生儿育女,她凭什么进曾家祠堂?"

"奶奶!"靖萱忍不住仗义执言了,"也不能尽怪人家,都是哥哥不好,先欺负人家,又绝情绝义,才弄到今天的地步,想想秋桐,好好的一条命都送掉了……"

"靖萱!"奶奶一跺拐杖,大声一吼,"这儿有你说话的余地吗？女孩子家一点儿也不知道收敛！你是不是想去跪祠堂？"

靖萱一惊，慌忙住了口。

"奶奶，"雨杭乘机上前说，"能不能请您考虑一下，接受卓家的要求？毕竟，进祠堂的只是一座牌位而已！"

奶奶双眼一瞪，牧白急忙说：

"雨杭是实事求是，也许，这才是唯一能够化解纠纷的办法！""雨杭到底不是曾家人，说了奇怪的话也就罢了，牧白，你是怎么了？"奶奶紧盯着牧白，从鼻子里重重地吸着气，"你忘了咱们家的牌坊是怎么来的了？你忘了咱们的家规，咱们的骄傲了？像秋桐这样一个不贞不洁的女子，怎能进入我们曾家的祖祠呢？"牧白咽了口气，无言以对。雨杭垂下了眼睛，脸上有种无奈的悲哀。"没有别的商量，就是花钱消灾！不要舍不得钱！黑眼珠见了白银子，还会有解决不了的问题吗？雨杭，你放手去办，别给我省！这事就这样子，大家散了吧！该做什么就做什么去！"奶奶就这样笃定地，坚毅地做了结论。全家没有一个人再敢说任何话。大家站起身来，纷纷向老夫人请安告退，各就各位去了。真没料到，新婚的第二天，和曾家的第一次团聚，谈的全是新郎身边的那个女子卓秋桐。梦寒对这件家务事，自始至终没有插过一句嘴，她好像是个局外人。但是，她的心，却紧紧地揪起来了。因为，她知道，她不是局外人。有个痴心的女子，为了她那个负心的丈夫而送了命。她怎能将这么悲惨的事，置之度外呢？她太沮丧了，太无助了，她多么希望，她不曾嫁到曾家来呀！这天晚上，靖南一心一意想完成他昨晚被耽误了的"洞房"，梦寒一心一意想和靖南谈谈那个"秋桐"，两人各想各的，都是心神不定。靖南已屏退了丫鬟和闲杂人等，坐在床沿上，两条腿晃呀晃的，等着梦寒前来侍候。谁知等了老半天，梦寒毫无动静。他抬眼一看，只见梦寒垮着一张脸，坐在桌子前面，背脊挺得直直的，身子动也不动。靖南开始脱鞋子，解衣扣，故意哼哼唧唧，好像在做什么艰巨的大事似的。梦寒忍不住抬眼看去，见他把衣扣弄了个乱七八糟，一件长衫也可以在身上拖拖拉拉，实在让人惊叹。她心中有气，头就垂了下去。

靖南这一下冒火了，跳起来冲着她一叫：

"你是木头人哪！新娘子怎么当，难道没人教过你吗？"

梦寒惊跳了一下，还来不及说什么，靖南又一连串地发作："就会坐在那儿干瞪眼，要是秋桐的话，早奔过来给我宽衣解带，端茶送水，还带投怀送抱呢！哪会叫我在这儿左等右等，等得人都上了火！"

梦寒太惊讶了，怎样都不会想到靖南会说出这些话，两天以来，在心里积压的各种委屈，齐涌心头，再也忍不住，两行热泪，就夺眶而出。靖南已把那件长衫给扯下来了，抬头一看，梦寒居然在掉泪，真是又懊恼，又生气。

"哇！"他叫着，"我怎么这样苦命啊！不知道他们打哪儿给我找来这样的新娘子？昨儿个哭，今儿个又哭，你是怎么不吉利，怎么触霉头，你就怎么做，是不是？"

梦寒深深地抽了一口气，憋在心里的气愤，就再也无法控制，她终于开了口，激动地说了："当然不是，谁不想做一个欢欢喜喜的新娘子呢？昨天，是我生命中最重要的一个日子，我满怀着庄严、喜悦，和期盼的情绪，对于我的丈夫，我的新婚之夜，以及未来种种，也有许许多多美好的憧憬，可是，迎接我的是什么呢？是一个丧葬队伍，是血泪斑斑的控诉，是惊心动魄的烧花轿，还有恶狠狠的诅咒……请你替我想一想，我怎么能不感到委屈和难过？我怎么样忍得住眼泪呢？现在，还要在这儿听你告诉我，秋桐是如何如何侍候你的，你考虑过我的感觉没有？"

靖南太意外了，没想到这个新娘子不开口则已，一开口居然说了这样一大篇。他抓抓头，抓抓耳朵，在不耐烦之余，或多或少，也有点儿心虚。

"是啊是啊，这件事我难道不悔吗？我能未卜先知的话，我根本就不会让它发生了嘛！可它就是发生了，那……还能怎么办呢？发生过就算了嘛，把它抛在脑后，忘了不就结了！"

"忘了？"梦寒紧盯着靖南，不敢相信地问，"你刚刚还在说她这样好那样好，显然和她确实恩恩爱爱过……现在，她为你送了命，你心底有没有伤心？有没有歉意？你真忘得了吗？""哎！秋桐是自杀的呀，看你看我这个样子，好像是我杀了人似的！""你虽不杀伯仁，伯仁因你而死，你难辞其咎啊！"

"你别在那儿净派我的不是，"靖南不耐烦地喊，"让我坦白告诉你吧，我原来和秋桐过得好好的，还不是为了你，为了履行跟你的婚约，我只好狠了心把她给撵走，我对她失信，不守诺言，也是为了你，怕你一进门，就发现我身边有个小妾，会心里不舒服。谁知道，这人算不如天算，还是弄得这样鸡飞狗跳的！要瞒你的事也瞒不住了！现在，你明白了吧？都是为了你，我才会对秋桐绝情的，逼死秋桐的，不只是我，你也有份啊！"听了这样的话，梦寒的眼睛是睁得不能再大了。她呆呆地怔在那儿，连应对的能力都没有了，分析的能力也没有了。她看着靖南那张白白净净的脸孔，奇怪着，他到底和她是不是同一种人类，怎么他说的话，她都听不懂呢？

"好了好了，春宵一刻值千金哪，为什么要把大好时光，浪费在这些煞风景的事上面！咱们不说了，好不好？好不好？"他开始耍赖了。一面说着，他就一面腻了过来，伸手就去搂梦寒的脖子。梦寒身子一闪，就闪开了他。看到他这种不长进的样子，真是又气又恨："你别动手动脚，此时此刻，你还有这种心思！"

"说笑话！"靖南变了脸，"都是夫妻了，怎么不可以动手动脚？快跟我上床来！"他伸手去拉住梦寒，往床上拖去。

"不要！"梦寒挣脱了他，"我不要！"

"你不要？"靖南生气了，冒火地怪叫了起来，"你怎么可以'不要'？你是我的老婆，上床侍候我是你应尽的义务，怎么可以不要？你到底受没受过教育？懂不懂三从四德？"

"或者，我就是受的教育太多了，让我没办法接受你这种人，"梦寒悲哀地说，"我不了解你，我一点也不了解你，如果秋桐和你曾有过肌肤之亲，你怎能在她尸骨未寒时，去和另一个女人……""秋桐！秋桐！"靖南恼火地大叫，"这两天，我已经听够了这个名字，我不要听了！你这个新娘子也真怪，一说就没个完！你不许再说了！过来，过来……"他用力地一把攥住了她，把她死命往床上拖去。

"不要！"她喊了一声，奋力挣扎，竟给她挣脱了靖南的掌握。她往门口就逃，嘴里乱七八糟地喊着："请你不要这样，即使是夫妻，也要两相情愿呀！你这样对我用强，我不会原谅你……""哈！说的什么鬼话！我今天如果不能把你制住，我还是'丈夫'吗？"他冲上前来，从背后拦腰就把她给牢牢抱住。一直拖到了床边，用力一摔，就把她摔到了床上，他再扑上床，紧紧地压住了她。用一只手的胳臂拐压在她的胸口，用另一只手去撕扯她的衣服，只听到"刺啦"一声，她胸前的衣襟已经被撕裂了。这撕裂的声音，同时也撕裂了梦寒那纤细的心。她还想做徒劳的挣扎。"不要，不要啊……放开我，求求你……"她哭了起来，转头喊，"慈妈！慈妈！快来救我啊……""太好笑了，真会笑死人，"靖南一面说，一面继续撕扯她的衣服，"你最好把全家都叫来看笑话……哪有新娘子在洞房里叫奶妈的？"又是"刺啦"一声，她的心彻彻底底地被撕成碎片了。她失去了挣扎的力气，被动地躺着，被动地让他为所欲为……他有这个权利，因为他是"丈夫"！她的泪，却疯狂般地沿着眼角向下滚落。

第三章

几天后，靖萱才和梦寒，再一次谈到秋桐，这次，梦寒对秋桐的事，是真的了解了。

这天，靖萱带着梦寒参观"曾家大院"，"曾家大院"是白沙镇对曾家这座古老庭院的一个俗称。她们走着走着，就走到了祠堂。对这个供着祖先牌位的、神圣的地方，梦寒不能不特别地注意。事实上，她结婚那天，是先进祠堂拜祖先，再进大厅拜天地的。但是，那天太混乱了，太狼狈了，她连祠堂长得是什么样子都不知道。现在，看着那阴沉沉的房间，那高墙厚壁，和那一座座祖先的牌位，矗立在那儿像座小森林似的，不禁让人心中一凛，敬畏之心，油然而生。靖萱拉着她，小声地说："你来看看这道门，又厚又重，是全家最厚的一座门！这座门里面外面都有大木闩，如果从里面闩住，外面的人就进不去，如果从外面闩住，里面的人就出不来……这是个惩罚人的地方！""惩罚人的地方？"梦寒听不懂。

"是啊！"靖萱睁大眼睛，似乎不胜寒瑟，"如果家里有人犯了错，奶奶一声令下，就得关进这儿来，在祖宗面前罚跪，一个钟头，大半天的，甚至几天几夜都有！到时候，外面的门闩一闩，关在这里面，是呼天不应，叫地不灵的！"

梦寒不禁打了个冷战。

"这么严厉的家规……"她望着靖萱，忍不住问了出来，"怎么还会发生秋桐的事？那……秋桐，是怎样一个人呢？"

靖萱愣了愣，犹豫了一下，见梦寒亲切诚恳，就藏不住秘密，坦白地说："大家都说，不要和你谈秋桐的事，可是，你既然问了，我就没办法不说。"她的眼圈红了，"那秋桐是个很漂亮的丫头，今年才十九岁，人好得很，对我尤其好。我每星期去田老师那儿学画，都是秋桐陪我去，有时候，也带我去她家里玩，所以，我从小就认得秋阳、秋贵，他们并不是不讲理、胡作非为的人，那天会去牌坊下面大闹，实在是哥哥太对不起人家了！"梦寒低下头去，虽然心里早就有数，仍然忍不住一阵失望和痛楚。靖萱见她的表情，就有些后悔自己说太多了，急忙又补充说："其实我哥哥也不是坏人，他就是被宠坏了嘛！全家人人都让着他，谁都不敢说他一句，每次跪祠堂，可没哥哥的事！你知道，咱们家从我祖父开始，就是三代单传，我娘头胎生了个女儿，还来不及取名字就夭折了，后来生了个儿子，取名靖亚，长到两岁也夭折了，然后才是靖南。那么，你可以想象，他有多宝贝，多么珍贵了，全家人就这么宠着他，顺着他，有时候，简直是供着他！这样，他就任性惯了。秋桐的事，本来也不至于弄得那么糟，可是，哥哥一听说定了你这门亲，又听说你是个'才貌双全'的女子，就不想要她了，又怕她留在家里坏事，硬把人家送回家去，才逼得秋桐上了吊……"靖萱见梦寒脸色沉重，默然不语，蓦然醒觉，连忙再说：

"不过，你放心，真的放心，咱们家有雨杭！他好能干，什么事都会解决，所以，他一定会把秋桐的事解决得圆圆满满的，你一点都不用操心，真的！真的！"

但是，秋桐的事情并没有解决。这天一早，卓老爹、卓老妈、秋贵和秋阳一家四口，把雨杭给他们送去的三百块钱，全都给送回来了。三百块的现大洋，必须用一个小木箱才装得下。雨杭送去的时候，正好卓老爹和秋贵出去拉车了，秋阳又在学校，家里只有一个卓老妈，所以，雨杭说了一车子好话以后，把三百块钱放下就走了。但是，卓家这一家子怪人，黑眼珠见了白银子，居然连眨都不眨，怎样送去的，就怎样还回来了。站在院子里，他们也不进大厅，把小木箱往大厅的台阶上一放，对老尤说："去告诉你们家老爷和少爷，三百块大洋送回来了，一个镚子都不少，请他们出来一个人，点点清楚！"

牧白还没出来，靖南得到了消息，先跑出来了。一看到卓家这四个人，他就一肚子气，对卓老爹摩拳擦掌地大叫起来："你们这是什么意思？就是跟我耗上了，存心不让我有好日子过，是不是？"

秋贵见他还是这样恶形恶状，气得咬牙切齿，大声地说：

"如果你自己不做亏心事，今天谁要来跟你耗着？这件事从头到尾，出面的不是你爹，就是江大哥！你老躲在他们后面不吭气，我最瞧不起你这种人，所以你说对了，咱们就是要跟你耗上，让你没好日子过，因为你根本不是个东西！"

"你才不是个东西！"靖南大吼了一声，对着秋贵的下巴就挥去了一拳。秋贵是个吃劳力饭的，哪里把靖南的拳头放在眼睛里，轻轻一闪，靖南就打了个空。秋贵一反手，抓住了靖南胸前的衣服，就狠狠地回了他一拳。靖南被这一拳打得飞跌了出去，背脊又撞上了假山，跌在地上大叫哎哟。这样一闹，家丁们全都奔了出来。大家慌忙跑过去扶起靖南。靖南一见家丁众多，气势就壮了，再摸摸自己流血的嘴角，怒不可遏地对家丁们叫着："去把那兄弟两个给我抓起来，给我狠狠地打！"

立刻，家丁们一拥而上，抓住了秋贵、秋阳两兄弟。两兄弟虽然也奋力反抗，怎奈双拳难敌四手，对方人多势众，没有三下两下，兄弟俩已被众家丁制伏。好几个人扣住了秋贵的手，不住地捶打他的胸膛和肚子。秋阳更惨，被几个壮丁给压在地上痛揍。卓老爹和卓老妈在一边呼天抢地地喊着：

"杀人啊！杀人啊！天啊……秋桐，你在哪儿？你怎么不显灵啊……"靖南听到这样的话，更加愤恨，对卓老爹挥着拳头嚷：

"那天在牌坊下，我已经被你们触尽霉头！因为是婚礼，才拿你们没奈何！你们胆敢烧花轿，闹我的婚礼，我早就要和你们算账了，你们居然敬酒不吃吃罚酒，今天还敢上我家的门！我不给你们一点颜色看看，老虎要被你们当成病猫了！阿威、大昌，给我打！给我用力地打！"

"我跟你们拼了！"卓老爹情急地上前来救儿子，去拉扯那些压住秋阳的家丁，还没拉扯两三下，就被好几个人抱住了，拳打脚踢。"天啊！天啊！"卓老妈眼看父子都已吃了大亏，在旁边又跳又叫，"住手，快住手啊……我们是来还钱，不是来打架啊！放开他们！放开放开啊……"她张着双手，不知该奔向哪一边才好。正在一团混乱中，牧白、雨杭、靖萱、梦寒、文秀、奶奶全都被惊动了，纷纷带着丫头老妈子们，奔出来看个究竟。一见到院子里这等状况，牧白就脸色大变，生气地对家丁们怒吼着："谁允许你们动手打人的？还不赶快放开他们？放开放开！"家丁们见牧白和奶奶都出来了，慌忙住手。卓老爹父子三个这才脱困，三人都被打得鼻青脸肿，好生狼狈。尤其是年轻的秋阳，满身都是尘土，鼻子还流着血。

"奶奶！"靖南立即奔向奶奶，指着自己的嘴角说，"您瞧，他们一进门就打人，如果我们不还手，我大概被他们打死了！奶奶，您快想个办法，我被他们这一家子缠住了，雨杭根本没有能力解决问题，再这样下去，我迟早会被他们给暗算了！"

"曾靖南！到底是谁先动手？"秋阳气得哇哇大叫，"你不要欺人太甚！我真恨不得给你一刀，把你的心挖出来，看看是什么颜色……""奶奶，你听你听……"靖南喊着。

奶奶的龙头拐在地上重重地跺了跺，发出沉重的"笃笃"

声响。她严厉地看向卓家四口，"哼"了一声，愤愤地说：

"好！在牌坊下面闹，又到咱们曾家大院里来闹！这还有王法吗？光天化日之下，聚众行凶！"她转头对牧白和雨杭说，"事已至此，再也没有和解的可能，你们立刻把这帮狂徒，给我押到员警亭去！""不！"忽然间，人群中有个清脆而有力的声音传了出来，大家惊愕地看过去，只见梦寒已排众而出，一直走到奶奶面前。大家都惊呆了，因为，在曾家，还没有人敢直接对奶奶用"不"字。"你说什么？"奶奶错愕地看着梦寒，有点不敢相信自己的耳朵。"奶奶，我斗胆请您听我说几句话！"梦寒勇敢而坚定地说，"关于卓家同咱们曾家的纠纷，这几天下来，整个来龙去脉，我大致了解了，尤其靖南对我说过，这场纠纷之无法解决，主要就是因为我，因为太重视我们这个婚姻，才不能圆满安排秋桐。所以，我心里深感抱歉和遗憾。假如说，今天秋桐还活着，在我进门之后，知道有这样一位姑娘，细心体贴地照顾着靖南，两人间又有情有义，那么，我想，我会接纳秋桐，而且，会尊敬这份感情的！但是，很无奈，今天咱们所面对的，是个无法挽回的悲剧了！怎么还忍心把这个悲剧扩大呢？秋桐人已经死了，卓家要求的也不过是给死者一个名分，想想秋桐，生前确实是靖南的人，这是抹杀不掉的事实，所以，她进不进祠堂，都是曾家的人。那么，我们何不就让秋桐的牌位，进入曾家的祠堂，让生者得到安慰，死者得到安息呢！"这一番话，说得人人惊愕。卓家四口，是太意外又太感动了，怎样都没料到，说进他们内心深处的，竟是靖南的新娘子！曾家人个个面面相觑，不知道梦寒怎有这么大的胆量，敢对奶奶说这些话。牧白不禁暗暗颔首，靖南暗暗生气，靖萱暗暗佩服，而雨杭，不能不对梦寒刮目相看了。

奶奶的手，紧紧地握着拐杖的柄，神情僵硬着，紧绷着，一语不发。"再说，"梦寒并没有被奶奶的神色吓倒，继续说了下去，"咱们曾家，有七道牌坊，是忠孝节义之家，这样的家庭，应该是仁慈而宽厚的。我们有的，并不仅仅是祖先留下的石头牌坊，对不对？我们后人，对前人的高风亮节，一定心向往之吧！那么，对于曾经侍候过靖南的秋桐，应该也有一份怀念，一份追悼，和一份惋惜吧！咱们何不把这份怀念和惋惜，更具体地表现出来呢？"她哀恳般地抬头看着奶奶，"奶奶，我知道，以我刚进门的身份地位，实在没有说话的资格，可是，这件事和靖南息息相关，我实在无法沉默。请奶奶三思！我在这儿，给您跪下了！"说完，她就跪在奶奶面前了。

这时，牧白再也忍不住，激动地上前说：

"娘！难得梦寒如此深明大义，我觉得咱们全家都应该支持她！假如咱们早就能有她这样的胸襟气度，像她一样勇于表达，那么秋桐的悲剧，或许可以避免。现在，这个名分，真是咱们欠秋桐的！"

奶奶脸孔抽动了一下，震动已极。

牧白一开口，雨杭也无法沉默了，走上前去，诚恳地接口："奶奶，这件事我从头到尾办得乱七八糟，就因为卓家的伤心，根本不是金钱可以弥补的。只有出于感情，出于人性，才能化干戈为玉帛，奶奶，请您不要再坚持了吧！"

"娘！"沉静的文秀也熬不住了，"这三天两头地闹，大家都受不了，弄得我一天到晚担惊受怕的，晚上都睡不着觉……真要闹到员警亭去，恐怕咱们家的面子也不好看……"

"奶奶，奶奶，"靖萱热烈地响应，"秋桐在我们家那么多年，不只侍候了哥哥，也侍候了您啊，我更是从小就跟着她长大的，她在咱们家，没有功劳，也有苦劳啊！"

这样的异口同声，全家有志一同，使奶奶的惊异淹没了愤怒。她看看梦寒，再看看那一张张迫切的脸孔，终于深深地抽了一口气，勉强压制住自己的懊恼和愤恨，她冷冰冰地说："好吧！我再不点头，倒好像是我不明是非，不够宽厚仁慈了！"她的目光，冷幽幽地盯着梦寒，从齿缝中迸出两句话来，"起来吧！我就成全你了！"

"谢谢奶奶！谢谢奶奶！"梦寒连连磕下头去。

奶奶拄着拐杖，掉头就走，经过靖南身边时，对他投去森冷的一瞥，轻飘飘地说了一句：

"别把新媳妇宠得无法无天！"

靖南一惊，有口难言，不禁恨恨地瞪了梦寒一眼。

奶奶一走，靖萱就再也无法掩饰自己的崇拜和高兴了，她奔上前去，扶起了梦寒，紧紧地握住她的手，激动地说：

"只有你，敢对奶奶说这些话，你太伟大了！"

卓家四口，此时已喜出望外，卓老爹仰头看天，泪落如雨地说："秋桐，孩子啊，咱们总算为你争得你该有的名分了！"

卓老妈颤颤抖抖地，不停地，喃喃地自言自语：

"秋桐啊……你安息吧，安息吧……爹和娘对不起你，把你送来当丫头，让你年纪轻轻的，就这么不情不愿地走了……可咱们为你办到了，你的人进不了曾家的大门，你的魂可以进曾家了……安息吧，安息吧……"

鼻青脸肿的秋贵，和满脸血污的秋阳，走上前去，扶着歪歪倒倒的父母，一时间，悲从中来，四个人忍不住抱头痛哭。梦寒和靖萱，眼睛都不由自主地潮湿了。

此时，牧白提着那一箱钱，走到卓家四口身边，诚挚地说："来！这些钱拿着，快带两个儿子看大夫去吧！"

卓老爹往后猛然一退，忙不迭地摇手拒绝：

"咱们不要……咱们不收这个……"

"算是我们给秋桐的聘金吧！"牧白说，"昨天，这些钱是要收买你们的尊严，但是今天，曾家和卓家已经变成亲家了，你们还有什么理由拒绝一个亲家公的诚意呢？"

"我……我……"憨厚的卓老爹，不知道要说什么好。

"卓老爹，"雨杭走了过来，把小木箱塞进了他的手里，"你们就不要再推辞了，这是我干爹的一番诚意，接受了吧！想当初，你们送秋桐来当丫头，不就是为了赚点钱给秋阳念书吗？把这个钱拿去，给秋贵娶个媳妇，再好好地栽培秋阳吧！秋桐的在天之灵，或许可以瞑目了！"

卓老爹听到雨杭这样说，就不好再推辞了。把小木箱放在一边，他恭恭敬敬地甩了甩衣袖，拉着卓老妈，回头对秋贵、秋阳说："让咱们一家四口，来叩谢咱们的恩人吧！"

于是，一家四口，全部对梦寒跪了下去，咚咚咚地磕起头来。"快起来！快起来！"梦寒慌忙说，"这怎么敢当？你们要折煞我了！"她说她的，那四个人含着眼泪，却只管磕头，连连磕了好多个头，才在雨杭和牧白的搀扶阻止下，站起身来。

"谢谢少奶奶，"卓老妈老泪纵横，后悔得不得了，"对不起，那天烧了你的花轿，闹了你的婚礼，我再给你磕个头……""不要不要，千万别再给我磕头了，"梦寒扶住了卓老妈，眼圈红红的，温柔地说，"什么都别说了，都过去了。你们快去治伤要紧！""是！是！"卓老爹顺从地，一迭连声地应着，四个人千恩万谢地出门去。牧白、雨杭、靖萱和梦寒都送到了大门口，像真的亲家一样，挥手道别。只有靖南站在那儿不动，气得脸色发青。奶奶隔着一道玻璃窗，在大厅内向外望，把这一幕看得清清楚楚。她挺直了背脊，高高地昂着头，身子笔直，像一尊雕像一般。她的脸色阴沉，一双手紧紧地握着龙头拐的木柄，握得那么用力，手背上的青筋都暴露了出来。

第四章

十天后，秋桐的牌位正式进了曾家祠堂。

为了这个牌位进祠堂，曾家还有个小小的仪式。曾家和卓家两家人，都分立两旁，由靖南手捧牌位，向祖宗祝告：

"嗣孙曾靖南，有妾卓氏，闺名秋桐，兰摧蕙折，以此吉日，牌位入祠，敢申虔告，祖宗佑之……"

祝祷完毕以后，靖南对祖宗磕了三个头，就把牌位送到那黑压压的许多牌位中，最后面，最旁边，最不起眼的一个地方，给安置了上去。曾、卓两家人，都微微弯腰行礼，以示对死者的尊敬。卓老爹看到牌位终于进了曾家的祖祠，不禁落下泪来，低低地说了一句：

"秋桐，你的终身大事，爹给你办完了，你正了名，也正了身！"卓家的人，个个低头拭泪。梦寒看着，心里真有几百种感触。前两天，她曾经就这个问题，和雨杭谈了两句：

"其实，我有一点迷惑，卓家为什么这样在乎牌位进不进得了祠堂？人都不在了，牌位进祠堂又能弥补什么呢？"

"这就是卓家的悲哀，"雨杭叹了口气说，"他们实在不知道怎样才能安慰死者，或者，是他们实在不知道怎样才能安慰他们自己。曾家这个姓，对他们来说，太高贵了，这是几百年传下来的荣耀。他们已无法挽回秋桐的生命，就只能设法给她这点儿虚无缥缈的荣耀，说穿了，是十分可怜的！"

现在，站在这儿，看到卓家人似乎已得到很大的安慰，梦寒就更体会出这份悲哀了！好可怜的卓家，好可怜的秋桐！看着秋桐那小小的牌位，可怜兮兮地站立在曾家那许许多多的牌位后面，她不禁深深地同情起秋桐来，她不知道人死后是不是真有灵魂，如果真有，秋桐又是不是真想进曾家的祠堂？为了靖南这样一个负心汉送掉了性命，她的魂魄，还要被曾家的列祖列宗看守着！真的，好可怜的秋桐！

仪式已毕，梦寒就急忙走到卓家人的面前，把自己准备的一个小包包打开，拿出里面一件件的礼物，分送给卓家的人，一面说："我自己做的一点儿东西，不成敬意，这个烟荷包是给老爹的，这头巾是给老妈的，这钱袋是给秋贵的，这个袋子是给秋阳的，装砚台毛笔用！"

卓家人面面相觑，感动得不知要怎样才好。

曾家人也是面面相觑，惊愕得不知道说什么才好。只有靖萱，受到梦寒的传染，一个激动之下，也奔上前来，拔下插在襟上的一支钢笔，递给秋阳说：

"我这儿有支自来水笔，是上次雨杭从上海带来给我的，可我不上学堂，用处不大，你若不在乎是用过的，就拿去记笔记用吧！算是我的一点点心意！"

秋阳看着靖萱那澄净的大眼睛，感动到了极点，双手接过钢笔，态度几乎是虔诚的。卓老爹更是不住地鞠躬，嗫嗫嚅嚅地说："你们不嫌弃咱们，还送咱们东西，这真是……"

"说什么嫌弃的话，既是亲家就是一家人，我们表示一点儿心意也是应该的！"梦寒连忙安慰着卓老爹。

此时，奶奶把拐杖在地上重重一跺，声色俱厉地说了一句："好了，仪式已经结束，大家统统离开祠堂吧！要应酬，到别的地方去！"说完，她拄着拐杖，掉头就走了。

梦寒一惊，抬起头来，正好接触到靖南的眼光，他那么恶狠狠地瞪着她，使她心中陡然掠过一阵凉意，她忽然觉得，自己连秋桐都不如，秋桐还有过被爱的时光，自己却什么都没有。卓家的人一离去，奶奶就把梦寒和靖萱全叫进了她的房里。"你们两个都给我跪下！"奶奶厉声说。

梦寒和靖萱什么话都不敢说，就双双跪了下去。

"梦寒！你知不知错？"

"我……"梦寒嗫嚅了一下，很无奈地说，"是不是不该给卓家人礼物？""可见你心里也知道这件事做得多么唐突！"奶奶很生气地说，"第一，咱们曾家从没有这样的规矩，就算要定出这个新规矩，做主的也该是我这个老奶奶，还轮不到你！第二，不管是对内也好，对外也好，谁够资格代表全家来发言，那都得按辈分来安排，可是今天在祠堂里，你却逾越辈分，冒昧开口！在这方面，你一向孟浪，上回初犯，我念你是新妇，不知者不罪，如今你进门都快一个月了，家里的规矩，你不能说还不知道，那么就是明知故犯，我必须以家规来惩罚你！以免你目无尊长，一犯再犯！"

梦寒低垂着头，默然不语。

"靖萱！"奶奶瞪向靖萱，"你更不像样！自己身上带着的东西也敢随便送人！你嫂嫂是新媳妇，难道你也是新女儿吗？家里的规矩，梦寒糊涂，你也跟着糊涂吗？现在，罚你们姑嫂两个，进祠堂去跪上半日！"

梦寒见牵连了靖萱，一急，就脱口而出：

"请奶奶不要罚靖萱，她年纪小，看我这么做，跟着模仿而已……""现在加罚半日，变成一日！"奶奶头也不抬地说。回头做了个手势，身边的张嫂已忙不迭地递上了水烟袋。

梦寒呆了呆，连忙问：

"您的意思，是说我加罚半日，靖萱就不用罚了，是不是？"

"不要不要！"靖萱忍不住叫了出来，"别给嫂嫂加罚，我自己跪我自己的份儿，奶奶，我知错了，我去跪祠堂！"

"现在加罚一夜，变成一日一夜，两个一起罚！"奶奶抽着水烟袋，冷冷地问，"谁还要说话吗？"

梦寒确实想说话，但是，靖萱拼命用手拉扯着梦寒的衣摆，示意她不要再说，于是，她知道，越说越坏，只能噤口不语。就这样，梦寒和靖萱，被关进了祠堂，足足跪了一天一夜。新婚还不到一个月，梦寒就尝到了"跪祠堂"的滋味。自从嫁到曾家来，从"拜牌坊"开始，她已经知道自己的婚姻是个悲剧。但，这一天一夜中，才让她真正体会到悲剧之外的悲剧。夫妻不和也就罢了，这家庭里的重重枷锁，根本不是一个正常人所能承受的！想起以后的漫长岁月，梦寒是真的不寒而栗了。梦寒被关进了祠堂里，慈妈吓得魂飞魄散，她飞奔到靖南那儿去求救，正好牧白和雨杭都在那儿，也正为姑嫂二人的罚跪在商讨着。慈妈对着靖南，倒身就拜，哀求地说：

"姑爷！你赶快去救救少奶奶吧！她好歹是你的新媳妇呀！在娘家，她可从没有受过丝毫委屈！现在已经不是小孩子了，怎么还作兴罚跪呢？如果一定要罚，让我这个老奶妈来代她跪吧！小姐毕竟是金枝玉叶啊！"

"哈！"靖南幸灾乐祸地说，"在你们家是金枝玉叶，在我们家可不是！她这样不懂规矩，没轻没重，早就该罚了！让她好好受点教训，她才会收敛收敛她那股气焰！奶奶罚得好，代我出了一口气！我干吗再去求情？我巴不得她多跪两天呢！"

慈妈不敢相信地看着靖南，激动地说：

"她是你的新媳妇啊，你怎么不肯多疼惜她一点儿呢？说什么气焰？她哪儿有呀，曾家规矩多，可也得慢慢地教给她呀，才嫁过来不到一个月，就去罚跪，让她多难堪呢！"

"她如果知道难堪，以后就少说话，少出风头，少乱出主意！否则，就只好拿祠堂当卧房了！"靖南轻松地甩了甩袖子，"哗啦"一声，打开一把折扇来扇着风。

"靖南，你就去一趟奶奶房，跟奶奶说点好听的，看看能不能帮梦寒和靖萱一点忙！"牧白说，"奶奶最疼你，只有你去说，或者会有一点用！"

"我干吗去说？"靖南眼睛一瞪，"打从进门到今天，梦寒就没跟我说过一句半句好听的，这种老婆，要我挑她的错，几箩筐都装不完，我干吗还要帮她去说？好听的呀，没有！"

站在一旁的雨杭，气得脸色铁青。

雨杭打从听到梦寒被奶奶罚跪祠堂，心里就又急又怒。自从牌坊下，梦寒的头盖被那阵奇异的风给掀走，两人的目光仓皇一接开始，梦寒在他心里已经不知不觉地生了根。接着，看到梦寒如此辛苦地在适应她那"新媳妇"的角色，如此"委曲求全"地处理秋桐事件，他对她的感觉就更加强烈了。梦寒的外表，看起来是"我见犹怜，弱不禁风"的，但，她的骨子里，却有那样一种"温柔的坚强"，使人感动，使人怜惜。可是，这样的梦寒，却要被罚跪祠堂，而那"始作俑者"，却拿着扇子在扇风，嘴里说着莫名其妙的"风凉话"，简直可恨极了！雨杭瞪着靖南，见他那副嘴脸，已经气不打一处来，一个按捺不住，就往前一冲，伸手揪住了靖南胸前的衣服，大声地说："你不要在这儿油嘴滑舌了，拿出一点良心来，赶快去向奶奶求情！""哟哟哟，你拉拉扯扯干什么？皇帝不急，你太监急个什么劲儿？"靖南挣开了他的手，检查着自己的衣裳，"你瞧，你瞧！"他生气地嚷嚷，"新做的一件长衫，你就给我把纽扣襻儿都扯掉了！你有病啊？"

雨杭气坏了，转向了牧白：

"他关心一件衣裳更胜于梦寒，那么，你呢？"

牧白一呆，十分为难地看着雨杭。

"干爹，"雨杭急迫地说，"这是你家的事，我没有任何立场说话，但是有立场说话的人偏偏不可理喻，那么，你要不要仗义执言呢？""这……"牧白皱了皱眉头，说，"雨杭，你知道奶奶那个脾气，她根本就不愿意秋桐的牌位进祠堂，今天是借题发挥，和梦寒算总账。现在，除了靖南之外，任谁去说，都不是帮梦寒的忙，反而会害她更遭殃……"

"我真不敢相信，"雨杭激动地打断了牧白，"梦寒做了一件仁慈宽厚、充满温情的事，可她被罚跪祠堂，而真正的罪魁祸首却逍遥自在，然后你和干娘，居然没有一个人要帮梦寒说句公道话！""喂！"靖南冒火了，对着雨杭一吼，"你真是狗拿耗子，多管闲事！这我家的媳妇，我家爱怎么罚就怎么罚，不关你江家的事！你少在这儿不清不楚了！"

雨杭还没说话，牧白就对着靖南脑袋上拍了一掌，骂着说："跟你说过多少次，一定要尊敬雨杭，你当我的话是耳边风呀？何况，他说得有理，你闯的祸，让全家为你奔走操心，连你的新媳妇都为你罚跪，你还在这里风言风语，我怎么会生了你这样的儿子？你气死我了！"

"你就会骂我，你一天到晚，就在这儿挑我的不是！"靖南吼向了牧白，"我知道，你心里只有干儿子，没有亲儿子！秋桐的事，就是被你这个干儿子办得乱七八糟，才弄到今天这个地步！如果他能干一点，早就让卓家封了口，又何至于要闹到牌位进祠堂……"雨杭听到这儿，实在听不下去了，气得浑身发抖，一转身，他掉头就奔出门外去了。整夜，他都没有回家，去住在那条"泰丰号"货船上面。他有一支笛子，他就坐在那甲板上，吹了一夜的笛子。每次雨杭心里不痛快，他都会跑到码头上去，待上一整夜，甚至好几天。

梦寒和靖萱，就在祠堂内，足足地关了一天一夜。当梦寒放出来的时候，已经脸色发白，手脚冰冷。慈妈扶着她，她的两条腿一直发着抖，好久好久，都无法走路。靖萱反而没什么，她说她是跪惯了，有经验的原因。还对梦寒说：

"下一次，你就不会觉得这么可怕了。"

还会有下一次吗？慈妈吓得胆战心惊。拉着梦寒，悄声说："咱们回屯溪吧！这儿太可怕了！"

"哥哥已经去四川了，回屯溪又能去哪儿？何况，上次回娘家时，哥哥给了我一个字，就是'忍'，我除了忍，还能怎样呢？"梦寒悲哀地说，"事到如今，我只有自求多福，你放心，我以后不会再去惹奶奶了，我会避着她，不跟她唱反调，我知道厉害了！""姑爷好狠的心！"慈妈忍不住说，"老爷和雨杭少爷都要他去向奶奶求情，他就是不去！雨杭少爷气得和他大吵，差一点动手呢！"

梦寒心中一动。雨杭，这个名字从她心中掠了过去，带来一阵温柔的酸楚，使她在心灰意冷的情绪里，生出一丝丝的温暖来，毕竟，曾家的屋檐下，还是有人会为她说几句公道话！但是，这个江雨杭到底来自何方？为什么要为曾家做牛做马呢？三天后，她终于知道，江雨杭是怎样一个人了。

那天下午，梦寒经过花园里的水榭时，听到有人在里面吹笛子。笛声十分悠扬悦耳，她被笛声吸引了，站在水榭外面听了好久。直到笛声停止了，她才惊觉地预备转身离去。

还来不及走开，却见雨杭带着他的笛子走了出来。两人一个照面之下，不禁双双一愣。梦寒有些局促地说：

"听到笛子的声音，就身不由己地站住了！你……吹得真好听！""是吗？"他眼中闪着光彩，因她的驻足倾听而有份意外的喜悦，"从小就喜欢音乐，学了不少的乐器，我还会吹萨克斯风，一种外国乐器，将来吹给你听！"他很自然地说着，说完，他不由自主地凝视了她一会儿，眼中盛满了关怀，很温柔地问，"你，还好吗？""还……还好。"不知怎的，她答得有点碍口。

他看着她，突然叹了口长气，很难过地说：

"好抱歉，对于曾家的事，我常常心有余而力不足，奶奶不在乎我，所以，也不重视我的意见。那天，你和靖萱跪祠堂，我真是一点力气都使不出来。每当这种时候，我就充满了无力感。""怎么要对我说抱歉呢？"梦寒嘴里这样说，心里却感动极了，"我知道你已经尽力了。我想，在奶奶那么生气的情况下，谁说情都没有用，即使靖南真肯去向奶奶求情，也不见得有任何效果……反正，都过去了，我，没事。"

他深深地凝视着她。他的眼睛，像两口深不见底的深潭，好黑好沉，闪着幽幽的光。

"真的没事吗？"他问，"你知道，我是一个医生，如果你有什么不舒服，告诉我，我这儿有药……"他在她眼底读出了疑问，觉得需要解释清楚，"我真的是个医生，从小就接受医药的训练，我能处理伤口，治疗许多病痛，不过，我承认，我不一定能够治疗你的伤痛。"

梦寒听了他最后的一句话，心中就怦然一跳，感到无比的撼动。她抬眼飞快地看了他一眼，一时间，竟不知该如何回答。她这样的表情，使他蓦然醒觉，自己讲得太坦率了，太没经过思考，或者，她会认为这是一种冒犯吧！这样想着，他就有些局促起来。为了掩饰这份局促，他很快地接着说：

"靖萱告诉过你，有关我的事吗？"

"不，不多。"

他沉思了一下，就很坦率很从容地说了出来："我是在杭州的一个教堂里长大的，那家教堂名叫圣母堂，由一位英国神父主持。许许多多年来，圣母堂收容各种弃婴，等于是一个孤儿院。我就是在婴儿时期，被人弃置在圣母堂门口的。你看看这个！"他从自己的领口里，拉出了一块悬挂在衣服里面的金牌，让梦寒看，"当时，我身上就放了这样一块金牌，大约是遗弃我的父母，为我付出的生活费。这金牌上面刻着'雨杭'两个字，就是我的名字的由来。我的姓，是江神父给的，因为他的译名叫江森。你瞧，我就是这样一个来历不明的人，和曾家显赫的家世，是八竿子打不着的！"她非常震动地听着，十分惊愕和诧异，从来没想到是这样。她看看那金牌，发现"雨杭"两个字是用隶书写的，字迹娟秀而有力。显然是先写了字，再去打造金牌的，是个很精细的饰物。雨杭把金牌放回了衣领里面，继续说：

"我随身携带这块金牌，只因为它是唯一属于我的东西。这么多年来，我从不想去找寻我的亲生父母。有时，我会猜测自己的出身。但是，我无法原谅我的亲生父母，生而不育，实在是件很残忍的事！不管有什么苦衷，父母都没有权利遗弃自己的孩子！"她点了点头。他再说：

"江神父不只是个神父，还是个医生，我从小就跟着江神父学了医术。孤儿院请不起别的医生，孤儿们无论大病小病，发生意外，受了重伤，都是我和江神父来救。嗯……"他神往地看着回廊外的天空，不胜怀念地说，"说真的，那种日子虽然辛苦，却是我很快乐的时期！"

她听得出神了，深深地注视着他。

"我在十五岁那年，遇到了干爹，他正在杭州经商，大概想做点善事，到圣母堂来参观。在众多孤儿中看中了我，把我收为义子，又送我去北大学医，完成了学业，他真是我生命里的贵人！我十九岁那年，他第一次把我带回曾家，待我一如己子，又训练我经商，参与曾家的家族事业。我也不知道怎么和他那么投缘，大概这种'家'的感觉吸引了我，使我那种无根的空虚，有了一些儿安慰。我就经常住到这儿来了。大学毕业以后，干爹年纪渐长，对我也有了一些依赖感，把很多的事业都交给我管，这种知遇之恩，使我越陷越深。如今，恩情道义，已经把我层层包裹，使我无法挣脱。虽然，我也常常会因为这个家庭，跟我的思想做法相差太远，而有被窒息的感觉，却总是没办法把他们抛开。我在这个家庭里，是个很奇怪的人，非主非仆，不上不下，连我自己都无法对我自己下个定义。"他抬起眼睛，很认真地，很恳切地说，"和你谈这么多，不外乎要你了解，为什么当奶奶处罚你的时候，我没有立场，也没有力量帮你解围。现在，你大概有些明白了。"她注视着他，好久好久，竟无法把眼光从他的脸上移开。他说得那么坦白，丝毫都不隐藏自己出身的低微，却耿耿于怀于不曾为梦寒解围。他这种"耿耿于怀"使她的心充满了悸动。再加上他语气中的无奈，和他那凄凉的身世，都深深地撼动了她。尤其听到他说"非主非仆，不上不下"八个字的时候，她竟有"同是天涯沦落人，相逢何必曾相识"的感觉。他被恩情道义困在曾家，自己被婚姻锁在曾家，都有相似的悲哀！他见她默然不语，有一些惶惑。

"我说太多了！"他说，"耽误你的事了吧！"

"没有，没有，"她慌忙应着，生怕他就这样离去了，就突然冒了一句话出来，"你结婚了吗？""没，我没有结婚，"他说，"干爹一直为了这个问题和我吵，好多次帮我找物件，逼着我要我成亲，大约帮我娶了媳妇，他才会觉得对我尽到亲爹般的责任。可是，我不要结婚，我有婚姻恐惧症。""为什么呢？""我总觉得，我无论身在何方，都只是一个'过客'，没有办法安定下来。尽管现在人在曾家，随时也会飘然远去，我不想再为自己增加一层束缚。何况，我没信心，不相信自己能给任何女人带来幸福！"

"啊！你应该有信心的！"她忍不住轻喊了出来，"你这样细腻，这样仁慈，这样豁达，又这样真诚……你的深度，你的气质，你的修养，和你的书卷味……你会是任何一个女人梦寐以求的丈夫啊！"这些话一口气从她嘴中冲了出来，几乎完全没有经过思考。等她说完了，看到他的眼睛忽然闪出了炽烈的光芒，他的面孔忽然变得无比的生动，她才蓦然醒觉自己说得太直率了，就有些惊慌失措起来。

"你说得真好，"他紧紧地盯着她说，"是我一生听过的最美妙的话，会让我像一只牛一样，不断去反刍的！"他说着，忽然间，一个情不自禁，冲口而出，"如果你是未嫁之身，你也会这么说吗？"梦寒吓了一大跳，身子猛然往后一退，脸色发白了。

雨杭顿感失言，后悔得不得了，但，话已出口，再难追回，他的身子就也往后一退，两人间立刻空出好大的距离。他狼狈地，急促地说了一句："对不起，我……我不该这么问，对不起！"说完，他转过身子，仓促地逃走了。梦寒仍然站在那儿，望着曾家大院里的重重楼阁，陷入一种前所未有的震撼里。

这天晚上，雨杭在他的房中，吹着他的笛子。梦寒在她的房中，听着那笛声。靖南躺在床上，呼呼大睡。夜深了，笛声戛然而止。梦寒倾听了好一会儿，不闻笛声再起，她不禁幽幽一叹，若有所失。她凭窗而立，只见窗外的楼台亭阁，全在一片烟雾朦胧中。她脑中没来由地浮起了两句前人的词："念武陵人远，武陵人远？谁在武陵？"她根本"没个人堪忆"啊！她茫然了。思想是好奇怪的东西，常常把记忆中的一些字字句句，运输到你的面前来，不一定有什么意义。"念武陵人远，烟锁重楼！"没有意义。"唯有楼前流水，应念我，终日凝眸，凝眸处，从今又添，一段新愁！"当然是更没有意义了。

一星期以后，雨杭跟着那条泰丰号，到上海做生意去了。

靖萱说，雨杭就是这样跑来跑去的，有时，一去就是大半年。梦寒似乎松了口气，解除了精神上某种危机似的，另一方面，却不免感到惆怅起来。每次经过水榭，都会伫立半晌，默默地出着神。有时，那两句词又会没来由地往脑子里钻：

"念武陵人远，烟锁重楼！"

这时，这"武陵人远"似乎若有所指，只是自己不敢再往下去想。然后，那后面的句子也会浮出心田："唯有楼前流水，应念我，终日凝眸，凝眸处，从今又添，一段新愁！"

第五章

　　当雨杭再回到曾家来的时候，已经是第二年的春天了。梦寒已是大腹便便，肚子里怀着曾家的第四代。奶奶不再罚梦寒跪祠堂了，全家除了靖南以外，都是喜滋滋的。靖南反正对梦寒从头到尾就没感情，对即将来临的小生命也没什么感觉。可是，家里其他的人都很兴奋，在一片温馨祥和的气氛里，等待着这个小生命的诞生。

　　雨杭再见到梦寒，眼神依然深邃，眼光依然明亮，眼底依然盛满了情不自禁的关切。一句温柔的"你好吗？"竟使梦寒心生酸楚。但是，除此以外，他什么话都不再多说。以前那份虚无缥缈、若有若无的某种感情，在两人的刻意隐藏下，似乎已风去无痕了。只是，每当梦寒听到雨杭在吹笛子的时候，就会整个人都惊醒着，情不自禁地，全神贯注地去倾听那悠扬的笛声。吹的人"若有所诉"，听的人"若有所悟"。在那重楼深院中，一切就是这样了。

这年的春天，靖南忙得很，几乎每天晚上都要出门。一到了吃过晚餐，他就坐立不安，找个理由，就溜出去了。然后，一定弄到深更半夜才回家。全家对他的行踪都心里有数，就瞒一个奶奶。随着梦寒的身躯日益沉重，他也就越来越明目张胆，常常夜不归营了。梦寒对他，早就寒透了心，已经完全放弃了。他不在家的日子她还好过一些，他在家的话，不是挑她这个不对，就是挑她那个不好，弄得她烦不胜烦。因而，她对他的行踪，干脆来个不闻不问。可是，靖萱却愤愤不平，因为，几乎全白沙镇都知道，曾家的少爷，迷上了"吉祥戏院"的一个花旦，名字叫"杨晓蝶"，两人已经打得火热。这些日子的靖萱也很忙，本来每星期去田老师那儿学一次画，由于老师盛赞靖萱的才华，靖萱也越学越有劲，就变成每星期去两次。不学画的日子，她也忙着练画，生活过得颇为充实。她看起来神采奕奕，越来越美丽了。梦寒和她非常亲近，见到她这样子绽放着光彩，就像一朵含苞待放的花，正在缓缓地舒展开它那娇嫩的花瓣，梦寒就会打心眼里喜欢起靖萱来。她不禁常想着，这样的女孩，不知将来要花落谁家？但愿老天垂怜，千万千万别配错了姻缘，像她和靖南这样，真是人生最大的悲剧！

转眼间，端午节过去了。天气骤然变热了。梦寒的预产期在六月中旬，五月间，身子已十分不便。曾家早就把奶妈和产婆都请在家里备用。奶奶整天拿着字典取名字，取了几十个名字，在那儿左挑右选。

这天，大概天气太热了，梦寒从早上起来就不大舒服。

雨杭看她脸色不好，忍不住叮嘱了一句：

"有什么不舒服，要说话啊，别忍着！现在不是你一个人的身子，是两个人呢！"梦寒轻飘飘地笑了笑，心里浮荡着悲哀。肚子里的骨肉带给她一种神奇的感觉，母性的爱，几乎从知道怀孕那一天就开始了。可是，她有时难免会难过起来，这个小生命，她并不是因为爱而产生的，她只是因为一个自私的男人，行使"夫权"而产生的。由此，她会常常陷入沉思，不知道中国的女性，在这种"乱点鸳鸯谱"的"媒妁婚姻"下，是不是都像她一样，沦为生儿育女的一部"机器"？

这晚，晚餐刚刚吃完，靖南又准备出门了，换上一件簇新的长衫，对着镜子，他不停地梳着他的头发，把头发梳得亮亮的。梦寒冷冷地看着他，连他回不回来睡觉都懒得问。靖南把自己拾掇好了，正要出门去，靖萱捧了一碗补药进门来，一见到靖南要出去，就本能地说了一句：

"你又要出去呀？""唔！"靖南哼了一声。

"那你什么时候回来？"靖萱又问，语气不太好，"怎么不在家里陪陪嫂嫂呢？她今天不大舒服呢！"

靖南见靖萱有阻止他出门的意思，就不耐烦起来。

"你管那么多！我今天有个重要的应酬，要和人谈谈生意！""哦！"靖萱把药碗往桌子上一放，大眼睛直直地瞪着靖南，"你去谈生意，太阳不是打西边出来了吗？找借口，你也该找一个有一点说服力的。正经点说，你就是去吉祥戏院抓蝴蝶去！""你说什么？你说什么？"靖南吼到她脸上去了，"我干什么去，轮得到你来说话吗？什么叫抓蝴蝶？你给我说

50

清楚！"

"你不是赶着出门吗？那你就快走吧！"梦寒说，怕他和靖萱吵起来。"怪不得上次奶奶一直问东问西地盘问我，我看，就是你这个丫头在我背后嚼舌根！你怎么知道杨晓蝶的，你说！说啊！""你问我，问问你自己吧！"靖萱愤愤不平地说，"全家上上下下，除了一个奶奶不知道以外，谁都知道了！你每天到吉祥戏院去报到，你以为大昌、大盛是哑巴？你以为全白沙镇的人都是盲人吗？大家都在闲言闲语了，你还在这儿凶！你就会对我凶，就会对嫂嫂凶，你专拣软的欺负……你太没良心了！""你敢骂我？你这个死丫头，跟着梦寒学，学得也这样利嘴利舌！"靖南用力地一拍桌子，那碗刚熬好的药就在桌上跳了跳，药汁都泼洒了出来。靖萱慌忙扑过去端起那碗药，急喊着："你看你，药都给你洒掉了！"

靖南索性一巴掌把碗打碎在地上。

"啊！"靖萱跺着脚大叫，"你莫名其妙！神经病！蛮不讲理……""你还说！你敢！"靖南举起手来，想给靖萱一耳光，幸好靖萱闪得快，没被他打到。靖南不服气，冲过去还要打，靖萱见他气势汹汹，有些害怕了，绕着桌子跑，靖南就绕着桌子追。"好了好了！"梦寒挺着大肚子，走过来想拦阻靖南，"你要干什么你就干什么去，别找靖萱的麻烦了！"

靖南追到了靖萱，气得不得了，提起脚来，对着靖萱的屁股一脚踹了过去。事有凑巧，梦寒刚好走过来拦阻，这一脚就不偏不倚地踹在梦寒的肚子上。梦寒这一痛，真是痛彻心扉，嘴里大叫了一声"哎哟"，一个颠簸，又不巧踩到了地上的碎片，再度一滑，整个身子就扑跌在地。

"嫂嫂！嫂嫂！"靖萱吓得魂飞魄散，奔了过去，扑跪于地，急忙抱住梦寒的头，眼泪都快掉下来了，"嫂嫂！你怎样了？你跟我说话……你别吓我！你怎么样了……你说呀……"梦寒痛得脸色惨白，豆大的汗珠从额上滚落。她勉力忍着痛，还试图安慰靖萱："我……我……我没事……你你……你别慌……"

靖南也吓住了，低头看了一眼，见梦寒还能和靖萱对话，料想没有大碍。心里记挂着杨晓蝶，生怕被绊住就出不去了，身子就往门边退去。"家里不是有产婆吗？请她过来瞧瞧就是了！何况还有个名医江雨杭，什么疑难杂症都会治！"

他一面喊着，一面夺门而去。靖萱不敢相信地回头看，大喊着："你别跑呀！你好歹把她抱上床去呀！哥……"

靖南已跑得无影无踪了。靖萱想起身去追，又不放心梦寒，看到梦寒的脸色越来越白，心里怕得要命。眼泪开始滴滴答答地往下掉。"都是我害你的，我干吗要跟他吵？都是我的错，你……你……"梦寒伸出手来，推了推靖萱，挣扎着说："去……去叫人来帮忙……去叫慈妈……去叫产婆……去，快去……我不行了……我想，孩子，孩子……要生了……""要……要……要生了？"靖萱面无人色，"不是下个月才要生吗？""去……快去……"梦寒费力地喘着气，"我撑不住了……"她骤然爆发了一声痛苦的狂叫，"啊……"

靖萱没命地往外飞奔，嘴里尖声地大叫着：

"奶奶！娘！慈妈……快来呀……嫂嫂要生了！快来

呀……"对梦寒来说，那一夜好像永远永远都过不完。

时间好缓慢好缓慢地流过去。每一分，每一秒，都在凌迟着她，从来没有经历过这样的痛。痛楚已经弄不清是从什么地方开始，也不知道在什么地方才能终止，痛的感觉，把所有其他的感觉都淹没了。全身四肢百骸，几乎无处不痛，连头发指甲都在痛。她知道，一个有修养的产妇不能叫，她咬着牙，不叫，不叫……可是，汗与泪齐下，呼吸都几乎要停止了……她心里有个朦朦胧胧的意识，她要死了，她要死了……她也宁愿死去，立刻死去，以结束这种撕裂般的、无休无止的痛！眼前一直有很多张面孔在晃动，这些面孔，像是浸在水雾里，那么模模糊糊的，飘飘荡荡的，隐隐约约的。她依稀看到慈妈，看到奶奶，看到产婆，看到文秀，看到靖萱……还看到她早已死去的亲娘。这些人在她眼前，像走马灯似的不停地转，是浸在水里的走马灯……每一个转动里都带着涟漪，向周围扩散，扩散，扩散，扩散……她觉得，自己所有的意识，都快要扩散到无穷大，扩散到无穷远，扩散到无影无痕了。她已经痛得连思想都会痛了，她不知道怎样能够终止这种痛，只希望一切赶快结束，啊，她宁可死去！这样想着，她就晕厥了过去，所有的意识和思想都飘往了天空，她的身子似乎腾空而去，痛楚也跟着消失。"死亡的滋味真好！"她朦胧地想着，但是，蓦然间，那撕裂般的痛楚又翻天覆地般地袭来，她被这强烈的痛楚又拉回到这个世界，感到有人在喊她的名字，有人在用冷水泼她的脸，有人在掐她的人中，有人在她嘴里塞着人参片……而她肚子里的那条小生命，正挣扎着要来到这个世界，但，他来不了，他挣不出那羸弱的母体……可怜的孩子啊！她在痛楚中无声地呐喊着：你的娘对不起你，实在是无能为力了……我放弃了！放弃了！天啊！让我死去吧！让我立刻死去吧！

就在这样的呐喊占据了她全部意识的时候，她忽然感到有一双有力的手，托起了她的头，有一对深邃的眸子，直透视到她的灵魂深处，有一个熟悉的、强而有力的声音，在她耳边喊着："梦寒！你醒过来！看着我！听到了吗？你，看着我！看着我！"这样强大的呼唤是不容抗拒的。她勉强地睁大眼睛，勉强地集中意识，于是，她惊愕地看到雨杭的脸孔和雨杭的眼睛！这是不可能的，她模糊地想着，雨杭是不能进产房的！曾家的规矩里，绝不允许男人进产房的！如果真的是雨杭，那么，她的生命，一定已经到了最后关头。

梦寒那模糊的思想确实没有错。

当雨杭进产房之前，产房里的一大堆女人，已经全部失去了主张。梦寒晕过去又醒过来，折腾了无数次，一次比一次衰弱，孩子始终是头上脚下，转不过来。雨杭不能进产房，一直在门外指导产婆接生，急得冷汗涔涔。梦寒不敢叫，只是闷着声音呻吟，每一下呻吟都撕碎了他的心。最后，产婆投降了，对奶奶一跪，慌乱无比地说：

"老夫人！我没有办法了！只怕大人小孩，都保不住了！你们赶快另请大夫吧！我什么办法都没有了……"

雨杭忍无可忍，在门外大喊：

"奶奶！此时此刻，你们还要避讳吗？让我进来帮助她！

我好歹是个医生呀！产婆不可以走，得留在这儿帮我……你们再延误下去，真要让他们母子都送命吗？"

如此危急，奶奶才让雨杭进了产房。

雨杭进来的时候，梦寒已经奄奄一息了。她的脸色，比床上的被单还要白，汗水已湿透了头发和枕头，嘴唇全被牙齿咬破了，整个人已失去了意识，气若游丝。雨杭一看到她这个样子，心里就颤抖痉挛了起来。他不能让她死！他不能让她死！他不能让她死……他疯狂般地想着。看到她生命垂危，他所有积压的感情，全像火山爆发般在心中迸裂。什么顾忌都顾不得了。"听着！梦寒，"他喊着，"你不可以晕过去，不可以睡着，不可以放弃，你听到了吗？我来帮你了，信任我，我要保住你，也要保住你的孩子，可是，你也要使出你所有的力气，来帮助我！你听到没有？听到没有？"他拍着她的面颊，用全力对她吼着，"我不允许你放弃，你听到没有？听到没有？回答我！"他命令着。"听……听……听到了……"她的声音，细如游丝，但是，确实是她自己的声音。她睁开眼睛，努力地看着他，她不要让他失望，全世界，只有这样一个人，她不能让他失望……于是，她开始用力，又用力……

"对了！再一次！再一次！"雨杭喊着，觉得自己比她还痛，"你尽管叫出来，不要忍痛，你叫吧！叫出来吧！"

她叫了，但是，声音是沙哑的，无声的，喉中又干又涩。她又快晕倒了。"不许晕过去！"他喊着，在她嘴中又塞进一片人参，"你必须清醒着才能用力！梦寒，好梦寒……支持下去！用力！孩子的头已经快要转过来了！不许闭眼睛，不许晕过去！"

这样强而有力的命令是不能违背的。她努力大睁着眼睛，不让自己失去意识。努力按照他的吩咐，一遍又一遍地去做。

整整一夜，痛楚周而复始，翻江倒海般地涌上来，但是，那强而有力的声音，始终在她耳边响着。一声声地鼓励，一句句地命令："不可以放弃，不可以睡着，不可以晕倒，不可以松懈……听到了吗？你的生命不是你一个人的，你没有权利放弃，懂吗？听到了吗？听到了吗？……"

不敢不回答这样有力的声音，不敢不顺从这样有力的命令，她听到自己一直在说：

"听到了，听到了……听到了……听到了……"

这样拖到天快亮的时候，一声儿啼终于划破了穹苍，梦寒那未足月的女儿书晴，终于终于出生了。这孩子差一点夺去了梦寒的性命，带来的却是崭新的喜悦。梦寒含泪地看了一眼书晴，再含泪地看了一眼雨杭，就失去了所有的力量，虚脱得晕死过去了。"怎么办？怎么办？"慈妈惊慌地对雨杭喊，"她又昏厥过去了！"雨杭扑到床边来，翻开她的眼皮，察看她的瞳仁，再急切地拿出听筒，听她心脏的跳动声。当他听到那颗饱受摧残的心脏，发出沉稳的、规律的跃动声时，他的眼中竟在一刹那间被泪水所充斥了。抬起头来，他对着慈妈微笑起来。

"她会好的！"他轻声地说，鼻子有些塞塞的，"我们差一点失去了她！但是，她总算熬过去了！她会好的，她是我见过的人里，最勇敢最坚强的一个，这样的女子，苍天会眷顾她的！"是吗？苍天真的会眷顾梦寒吗？

当梦寒在生死边缘上挣扎的时候，靖南正在杨晓蝶的香闺里胡天胡地。戏散场的时候已经是午夜了，他当然不肯就这样回家，带着大昌、大盛，他就到了晓蝶的家里。叫人去买了酒菜，他就和晓蝶腻在一块儿，喝酒取乐。对于梦寒，他压根儿就没有放在心上，不过是摔了一跤，怎么可能有事呢？他放心得很，不放心的，是晓蝶那颗飘浮的心。

就喜欢晓蝶的轻狂，就喜欢晓蝶的放浪，就喜欢她那几分邪气，和她那特殊的妩媚。靖南在晓蝶那儿喝得醉醺醺，乐不思蜀。真不知道，世间有如此美妙的女子，怎么家里就有本领给找来一个木头美人？

这晚是注定有事的。原来，这杨晓蝶是属于一个戏班子，到处巡回着表演，最近才在白沙镇落脚。本来也只预备停留个一两个月，不料在白沙镇却大受欢迎，就和吉祥戏院签了个长约，在这儿"驻演"起来了。等到靖南迷恋上晓蝶以后，吉祥戏院的生意更好了，靖南是大把大把的钞票往这儿送。把那个潘老板乐得嘴都合不拢。可是，那杨晓蝶岂是等闲人物，在江湖上混了这么多年，早已见多识广。对靖南这样的公子哥儿，更是了若指掌。她明知这是一条大鱼，却钓得有些碍手碍脚。原来，晓蝶自幼和班子里的一个武小生，名叫方晓东的，青梅竹马，早就郎有情妹有意，暗地里是一对小夫妻了。这方晓东对晓蝶，是非常认真的，看见靖南天天来报到，他不禁妒火中烧，和晓蝶也吵过闹过，奈何晓蝶见靖南腰里多金，出手阔气，人又长得白白净净，一表人才，竟有些假戏真做起来。这，使得那个方晓东更加怒不可遏了。

这晚，方晓东决定不让自己袖手旁观了。当靖南正在和那晓蝶卿卿我我的时候，方晓东带着几个兄弟，杀进门来了。靖南已经喝得半醉，见晓东气势汹汹地冲进来，心中有气，大骂着说："什么东西？没看到你大爷正在喝酒吗？撞进来找打是不是？"方晓东不理他，径自对晓蝶说：

"你告诉这个呆子，你是我什么人？把这场莫名其妙的戏，给我结束掉！"他回头对靖南说，"戏唱完了，散场了，你也可以走了！""混蛋！"靖南破口大骂，"吉祥戏院上上下下，谁不知道晓蝶是我的人？你这样搅我的局，是不是活得不耐烦了？大昌、大盛，给我打！"大昌、大盛奉命而上，但，晓东早就有备而来，几个兄弟一拥而上，双方立刻就大打出手。这一交手，靖南就吃了大亏，那方晓东是个武小生，自幼练武，早就练成一身好功夫。抓着靖南，他毫不留情地拳打脚踢，把靖南打得遍体鳞伤。如果靖南识时务，知道见风转舵，或者还不会那么惨。偏偏靖南是个不肯吃亏的人，平常在家里是个王，哪里肯受这样的气？嘴里就大呼小叫地喊个没停：

"你这个王八蛋！我马上让潘老板炒你的鱿鱼！你给我滚蛋！以后你没得混了……晓蝶早就是我的人了，你少在那儿自作多情，晓蝶哪一只眼睛看得上你这个没出息的东西……她每一分、每一寸都是我曾靖南的了……"

方晓东气极了，随手拿起一个大花瓶，对着靖南的脑袋，重重地敲了下去。当书晴刚刚出世，梦寒好不容易度过了危险，终于沉沉睡去的时候，靖南却被人抬回来了。

别提曾家有多么混乱了。一屋子的人，全挤在大厅里，围着靖南，哭的哭，叫的叫。雨杭这天是注定不能休息的，从产房里出来，还来不及洗一把脸，就又拎着他的医药箱，扑奔大厅。看到一身是血的靖南，不禁吓了一跳。慌忙扑过去检查，靖南已经人事不知，额上一个碗大的伤口，血流如注。雨杭先看瞳孔，再数脉搏，他赶紧安慰着众人：

"别慌！别慌！他失血很多，但还不至于有生命危险……我们先把他抬到床上去躺着，大家赶快去准备热水毛巾纱布绷带！"奶奶勉强维持着镇定，重重地吸了口气，严肃地说：

"曾家的子孙，有上天庇佑，他会逢凶化吉的！把他抬到我房里去，雨杭！我信任你的医术，梦寒难产，你都有办法救过来，这点儿外伤，应该难不了你！我把他交给你了！"

"我尽力！奶奶！"雨杭说。

整个早上，大家围绕着靖南。雨杭缝合了他的伤口，打了消炎针，止住了血，也包扎好了伤口。该做的都做了。靖南一直昏昏沉沉的，偶然会呻吟两声。等到伤口完全处理好了，雨杭累得已快昏倒，靖南却安安静静地睡着了。

当靖南清醒过来的时候，是那天的下午了。全家没有一个人去休息，依然围绕在他床前，他醒来睁眼一看，那么多人围着他，那么多双眼睛瞪着他，他一时弄不清楚状况，就错愕地说了一句："你们大家在看什么西洋镜？"

"你被人打破了头，你还不知道吗？"文秀一听他能开口说话，眼泪就掉下来了，"快把全家人的魂都吓得没有了，你还在说些怪话！""被人打破了头……"靖南眼珠转了转，忽然想起来了，身子猛地往上一抬，嘴里紧张地大喊着，"晓蝶！晓蝶在哪儿？快给我把晓蝶找来，免得被那个方晓东给霸占了……"这样一抬身子，才发现自己头痛欲裂，不禁又大叫一声"哎哟"，就跌回床上去。"别动别动呀……"一屋子的人都喊着，"你头上有伤口啊！"只有奶奶没有叫，她深深地看着靖南。眼底涌现的，不再是怜惜，而是忍耐。她嗓音低沉地，有力地说：

"你没有晓蝶，你只有梦寒！现在，你已经做爹了！梦寒为了你，九死一生，差一点送了命！以后，全家会看着你，你把你那颗放荡的心收回来吧！我不许你再胡闹了！"

靖南的头往后一仰，眼睛一闭，怄气地说了句：

"死掉算了！"雨杭心中一沉，再也看不下去，掉头就走到屋外去了。

第六章

　　一个月过去了。靖南的伤已经完全好了，但是，他的情绪却非常低落。

　　这天，他对着镜子，研究着自己额上的疤痕。那疤痕颜色又深，形状又不规则，像一条蜈蚣似的躺在他的额头上，说有多难看，就有多难看。他用梳子，把头发梳下来，遮来遮去，也遮不住那个疤痕。他又找来一顶呢帽，戴来戴去，觉得十分不习惯。他越看越气，越弄越烦。偏偏梦寒、慈妈，加上一个奶妈全在对付小书晴。那个瘦瘦小小、软软绵绵的小东西真是威力惊人，在那儿"咕哇，咕哇"地哭个不停。三个女人围着她团团转，一会儿这个抱，一会儿那个抱……满屋子就是婴儿的啼哭声，和三个女人哄孩子的声音。靖南一阵心烦意躁，奔上前去，一把拉住梦寒说：

　　"好了好了，你别一双眼睛尽盯着孩子看，你也过来看看我，关心关心我行不行？"他指着额上的疤，"你看看这个疤，要怎么办嘛？"梦寒对那个疤痕看了一眼，整颗心都悬挂在小书晴的身上，匆匆地说："疤就是疤，谁都没办法的，时间久了，自然会消淡一些的，不要那么在乎它就好了！你让我去看看孩子吧……她今天一直哭，不知道哪儿不舒服，她这么小，又不会说话，真急死人！"说着，她就要往孩子那儿走去。

"孩子孩子！"靖南忽然发起脾气来，攥住梦寒，不让她走开，大声嚷，"你看你对我一点儿耐心都没有，从前你眼里就没有我，现在有了孩子，我看你更是连我的死活都不顾了！"

梦寒又急又气又惊讶，自从他受伤回来，因为她也在坐月子，没有精神去跟他怄气，关于他在外面的风流账，她就不闻不问。但是，她总觉得，他好歹应该有一点歉意。就算没有，对新出世的婴儿，也总应该有一点关怀和爱意，如果这些都没有，他到底是怎样一个人呢？她抬眼看了看他，心里实在有气，就用力推开了他，说：

"你想找人吵架是不是？对不起，我没工夫陪你！"

"我非要你陪不可！"靖南居然耍起赖来，"要不然我娶老婆干什么？这一个月，都快把我憋死了，被奶奶看得牢牢的，哪儿都不能去！一定是你和靖萱在奶奶面前说了我什么，才害得我出不了门！""你少无聊了！"梦寒压抑着心中的怒气，"谁有耐心去奶奶那儿告状，你自己惊天动地地打了架回家，你以为还瞒得住奶奶吗？你现在不要因为见不到想见的人，就在这儿找我的麻烦！你明知道全家没有一个人会在乎你额上那个疤长得什么样子，你那样耿耿于怀，只是怕某人会嫌你丑了……""某人！什么某人，你说清楚！"靖南大叫了起来。

"全家都知道的那个人，杨晓蝶！""哈！"靖南怪叫，"原来你也会吃醋啊，打从秋桐牌位进祠堂开始，我就觉得你奇奇怪怪，还以为你是女圣人呢！原来，死人你容得下，活人你就容不下了！"

梦寒吸了口气，勉强平静了一下，冷冷地说：

"你想出去，你就出去吧！我不会拦你，也不会去告诉奶奶，你爱干什么干什么，只要别妨碍我照顾女儿就行了，你请便吧！""好好好！"他对着奶妈和慈妈说，"你们都听见了，是她赶我出去的！奶奶问起来，你们别出卖我！否则，我把你们两个统统解雇！"说完，他就转过身子，拂袖而去。走到门口，又折回来，把梳妆台上的那顶帽子拿了出去。

梦寒这才能过去看书晴，此时，书晴已停止了啼哭，用一对乌黑的眼睛，瞅着梦寒，梦寒把她紧紧地拥在胸前，心底涌起了无尽的悲哀。这天的靖南，成功地溜出了曾家大院。他受了一次教训，学了一次乖，也知道要保护自己，他带了阿威、阿亮等四个最会打架的家丁一起出去。他们逗留到深夜才回来。靖南这些日子，因为梦寒坐月子，他又在养伤，就搬到了书房里睡。他半夜回来，没有再去打扰梦寒，摸黑回到自己的书房，悄悄地睡下，也没有惊动家里任何一个人。幸好奶奶这天有点感冒，提早上了床，不曾问起靖南。因而，家中除了那几个家丁以外，谁都不知道靖南在这天闯下了大祸。直到一星期后，雨杭才得到消息，气急败坏地来找靖南。

把靖南推进了他的书房，他劈头就问：

"你几天前在吉祥戏院，砸了人家的戏院是不是？"

"这……"靖南做出一股无辜相，"我不是给了他们钱吗？砸坏的东西我都赔了，那个潘老板还有什么好抱怨的？"

"有什么好抱怨的？"雨杭生气地大吼，"你还做了什么事？你自己说说！你把那个方晓东怎样了？"

"别嚷！别嚷！"靖南小声说，"给奶奶知道又要禁我的足了！方晓东啊……谁叫他闯到我手上来呢？上次他打了我，你也不帮我报仇，一天到晚要我息事宁人，害我破了相！我不过是把他欠我的讨回来而已！怎么？只许人家打我，就不许我打回去吗？""人家只是打破了你的头，可你把人家怎样了？"雨杭大声问。"怎样怎样？"靖南的声音也大了起来，"他破了我的相，我也破了他的相！如此而已！一报还一报嘛！"

"你……"雨杭气得发抖，"你岂止破了人家的相？你根本毁了人家的容！这还不说，你还打瞎人家一只眼睛！"他揪住他胸前的衣服，"你怎么这么狠心呢？人家是唱戏的，靠脸皮吃饭啊……你毁了人家的脸，又打瞎了人家的眼睛，就等于要了他的命啊！"靖南呆了呆，怔住了，半晌，才睁大眼睛说：

"没那么严重吧？你不要危言耸听！这是不可能的！"

"什么不可能，我已经去过吉祥戏院了，每一个人都说，就是你让阿威、阿亮死命往人家脸上踹，这才打得那么严重！干爹已经问过阿威他们，大家都承认了！你还想赖！"

"你告诉了爹？"靖南生气地嚷，"你不帮我遮掩，还去告诉爹，一会儿又要闹到全家都知道了！惨了惨了！奶奶准会把我关起来，我惨了！"靖南话刚说完，牧白的声音已经接了口，他大步地走进来，脸色铁青："不是他告诉我的，是石厅长告诉我的！这事已经惊动了员警亭，你搞不好就有牢狱之灾了！此时此刻，你不关心把人家伤得怎样，只关心你自己还能不能出去风流！我们曾家，是忠义传家啊！怎么会出了你这样一个儿子？我连死后，都无法去见曾家的祖宗！""惊动了员警亭？"这句话靖南可听进去了，"怎么？"他瞪大眼问，"那个方晓东居然告到员警亭去了？"

"人家可没有告，如果告了，我们还可以公事公办！现在没告才可怕！"雨杭说，"员警亭会知道，是因为知道的人太多了，那吉祥戏院又不是为你一个人开的，现在门也关了，生意也不能做了，戏也无法唱了……你以为整个戏班子的人能袖手旁观吗？方晓东的哥儿们能咽下这口气吗？"

"那……"靖南觉得事态有些严重了，用手抓了抓头说，"那要怎么办呢？"他看着雨杭，"你快去想办法，让那个潘老板赶快开门做生意，武小生多的是，再找一个来不就成了？要不然唱唱文戏也可以呀，干吗弄得戏院关门呢？这样吧……"他转身就往门外走，"我自己跟他说去！"

"你不许出去！"牧白把房门一关，对靖南疾言厉色地说，"你就不怕别人再找你报仇吗？你要了人家一只眼睛，人家可以要你一双眼睛！"

靖南激灵灵地打了个冷战，猛地咽了口气。

"那……"他的声音真的软了，"爹，你要想法子救我呀！你们两个肯定有法子的……对了，对了，用钱吧！给那方晓东一笔医药费，把这件事给摆平吧！我不会那么倒霉，再碰到一个不要钱的！"牧白听了这话，真是又气又恨又无奈。他看了一眼雨杭，眼里带着询问之意。雨杭狠狠地瞪了靖南一眼，说：

"我已经去打听过了，据方晓东的哥儿们说，方晓东知道自己的眼睛失明以后，就不言不语，不吃不喝，然后，就离开医院走了，目前人已经失踪了！谁都不知道他的下落！"

靖南怔了半天，然后跌坐在椅子上，吐出一口气来说：

"唉！你也厚道一点嘛！这个结果早说嘛，白白吓出我一头冷汗！""你这个冷汗没白出，他人不见了，你才应该担心呢！"雨杭说。"担……什么心？"靖南面容僵了僵，"他不见啦，失踪啦……八成也是畏罪逃跑了，我想这样吧，咱们先去告他一状，总之，是他先打破我的头呀！这叫先下手为强，怎么样？"

"停止吧！"牧白悲痛地看着靖南，"停止这种仗势欺人的行径吧！为你刚出世的孩子积一点德吧！你夺人之妻，又废了人家的眼睛，你还要告人家……你于心何忍？"

"什么夺人之妻？"靖南的脸涨红了，"那杨晓蝶是我的人，和我是海誓山盟的，爹，你得帮我把她弄进门来……"

话还没有说完，雨杭一怒，放开了靖南，转身就走，嘴里说："干爹，你家的事我真的不管了，我无能为力！我上船去，还是去帮你做生意比管你的家务事要好些！"

牧白伸手，一把抓住了雨杭，几乎是哀恳地说：

"你别走，你别走！你说说看，要怎么办？"他转头怒视靖南，声音转为严厉，"你能不能安静两分钟，听听雨杭的！"

靖南不大服气地嘟着嘴，不说话了。

雨杭无奈地转了回来，定定地看了靖南好一会儿，叹口气说："现在，最要紧的事，就是要和那个杨晓蝶彻底断掉！绝对不能再去了！吉祥戏院那儿，我们只有花钱了事，戏班子里的人，我会一个个去摆平，让他们先开张营业。然后，放出各种风声，说我们要和方晓东和解，假如有了回音，能够找到方晓东，咱们马上下帖子，邀请镇上梨园中人，甚至由曾氏族长出面斡旋，摆酒道歉。并且提供一个好的工作机会给方晓东，让他的后半生不至于走投无路，这样，或许可以化解这场纷争。怎样？要不要照办呢？"

"有这么严重吗？"靖南怀疑地问。

"有这么严重！"牧白说，"从今天起，你给我安安静静在家里待上一阵子，等这件事解决了，你才许出门！"

"还有一句话，"雨杭盯着靖南，"家有贤妻，你不要人在福中不知福！把外面的花花草草，就此一刀砍了吧！"

靖南一肚子的不服气，但是，看到牧白和雨杭都是满脸的沉重，心里嘀咕着，嘴里却不敢再说什么了。

靖南在家里果然安静了好一段日子。

他搬回到梦寒房里睡，每天哼哼唧唧，猫不是狗不是，什么都看不对眼。梦寒已经学会一套自保的办法，和他来个相应不理，只求耳根清净。她把绝大部分的时间都放在书晴身上，这使靖南更加不满，说梦寒是个"浑身没有一点女人味"的"木头人"，然后就唉声叹气，怪天怪地怪命运，怪爹怪娘怪奶奶，给他娶了这样一房"不解风情"的媳妇！怪完了，他就用手枕着脑袋，看着窗外的天空出神，想念着他那个"风情万种"的蝴蝶儿。

两个月过去了，一切都风平浪静。吉祥戏院在雨杭的安抚和资助下，又大张旗鼓地营业了，生意照样兴隆。杨晓蝶依旧是吉祥戏院的台柱，艳名四播，场场爆满。那方晓东一直没有踪影，大家似乎也把他遗忘了。靖南虽然没有出门，对吉祥戏院的种种，自然有亲信来报告，所以，也了解得很。听说那杨晓蝶又有好几个王孙公子在"捧场"，他就着急得不得了，恨不得插翅飞到吉祥戏院去。

这样苦苦熬了两个月，他终于熬不住了，串通了阿威、阿亮，偷溜出去了两次，都是戏一散场就回家，不敢在外面多事逗留。那杨晓蝶见了他，就对他发嗲撒娇，百般不依的，说他没良心，把她给忘了，弄得他心痒难耐。但是，他心里还是有些害怕，不敢去晓蝶的香闺，早早地回来了，居然也没有碰到任何事情。平平安安地出门，平平安安地回家。因而，他对雨杭的警告，大大地怀疑起来。本来就不喜欢雨杭，现在，对雨杭更是不满了。他对梦寒说：

"雨杭这个人有问题，表面上是帮我，我看，他根本是和爹串通好了，把我给困在家里……"他的眼睛瞪圆了，突然想了起来，"搞不好你也有份，怪不得雨杭说什么'家有贤妻'的话……对了对了，就是这样，我中了你们的诡计了！那个方晓东被我这样一顿打，哪里还敢再出现，早就吓破了胆，找个地方躲起来了，永远都不会出现了！"

听了他这样的话，梦寒实在没有办法装出笑脸来搭理他。转过身子，她就去奶妈那儿找书晴了。靖南看着她的背影，气得牙痒痒的："神气个什么劲儿？不过是念过几本书嘛！这女子无才便是德，实在是至理名言！"

这晚，他喝了酒，喝得醉醺醺的，所有的顾忌和害怕都忘了，一心只想去找他的杨晓蝶。半夜三更，他偷偷地从后门溜了出去，身边居然一个人都没有带。提着一盏灯笼，他一边摇摇晃晃地走着，一边唱着二黄平板：

"在头上除下来沿毡帽，身上露出衮龙袍，叫一声大姐来观宝，你看我头上也是龙，身上也是龙，前面也是龙，后面也是龙，浑身上下是九条龙啊！五爪的金龙！"

他那句"五爪的金龙"才唱完，眼前有个黑影子一晃，他怔了怔，站住了，回过头去，四下里张望着，嘴里咕哝着说：

"什么人在这儿妨碍你大爷的兴致……"

"方晓东！"一个声音冷冷地回答，接着，就是一把利刃，直刺进靖南的胸口，他张口想喊，第二刀又刺进了他的喉咙。他倒了下去。当第三刀、第四刀、第五刀……刀刀往他身体里刺去时，他早就咽了气。他一共被刺了十七刀。那方晓东刺杀了他之后，并没有逃走，他带着刀，去员警亭投了案，把刺杀经过，招认得清清楚楚。他在曾家门外，已经足足埋伏了两个半月。那年十月初三，秋风乍起，天空中，飘着蒙蒙细雨。曾家在这一天，葬了靖南。根据曾家的规矩，红事白事，都要从那七道牌坊下面经过，所以，盛大的丧葬队伍，举着白幡白旗，撒着纸钱，扶着灵柩，吹奏着哀苦的音乐……一直穿过牌坊，走往曾家的祖坟。白沙镇的人，又赶来看热闹。

梦寒一身缟素，怀抱着才五个月大的书晴，往前一步一步地迈着步子，每一步都像有几千几万斤重。她凄苦地走着，茫然地走着，犹记得上次通过这牌坊时的种种种种。她嫁到曾家来，短短的一年多时间，前面有"秋桐事件"，后面有"晓蝶事件"，婚姻中，几乎不曾有过欢乐和甜蜜，如今，靖南竟这样走了，连以后的远景都没有了。她的眼光，直直地看着前面，七道牌坊巍然耸立，像是七重厚重的石门，又像是七重厚重的诅咒，正紧紧地压迫在她的身上和心上。

群众议论纷纷。小小声地谈论着今日的寡妇，就是去年的新娘。大家对于红白相冲的事，记忆犹新。这种诅咒，居然应验，大家就不能不对老天爷肃然起敬。个个都表情凝重，面带畏惧地看着曾家的人，送走他们仅有的一脉香烟。从此，曾家就没有男丁了。卓家的人，也在送葬的队伍中，怀着无限的悲哀和忏悔，跟在队伍后面哀哀哭泣。他们不是为靖南哭，他们为梦寒哭。在他们那简单的思想里，深深以为，都是当日的烧花轿，才造成今日的悲剧，认为那方晓东不是凶手，他们才是凶手。对于当日的一语成谶，他们简直不知道要怎样悔罪才好。

雨杭也在队伍里，他悲痛而机械地走着，眼光不由自主地看着走在前面披麻戴孝的梦寒，他依稀看到一身红衣的梦寒。那天，有一阵奇怪的风，吹走了梦寒的喜帕……那天，发生了许许多多的事，那天以后，也发生了许许多多的事，而现在，仅仅一年零三个月，梦寒，从曾家的新娘，变成了曾家的寡妇。世间，怎有如此苦命的女子？

奶奶，被牧白和文秀搀扶着，一步一个颠簸，一步一个踉跄，泪，糊满了她那满是皱纹的脸。牧白和文秀更是泪不可止，白发人送黑发人，情何以堪？三个老人，步履蹒跚，彼此扶持，随着那白幡白旗，走在那萧飒的秋风秋雨之中，真是一幅人间最悲惨的图画。

白沙镇的人，都忘不掉曾家的婚礼。白沙镇的人，更忘不掉曾家的丧礼。

第
七
章

时间，很缓慢很缓慢地流逝。对曾家每一个人来说，都有一段漫长的"养伤"的日子，在这段日子里，大家和欢笑几乎都是绝缘的。只有童稚的书晴，常把天真无邪的笑声抖搂在沉寂的曾家大院里。这笑声偶尔会惊动了蛰伏着的人们，引起一些涟漪。但，哀痛是那么巨大，又迅速地压了过来，把那短暂的笑声就给淹没了。这样，春去秋来，日月迁逝，三年的时间，就在日升日落中过去了。

最先从悲痛中醒觉过来的人是靖萱，她正值青春年少，随着时间的消逝，她越来越美丽，像一朵盛放的花，每一个花瓣都绽放着芬芳。她逐渐淡忘了靖南的悲剧，常常不自觉地流露出某种梦似的微笑。这微笑惊动了梦寒，不禁暗自猜疑，难道靖萱有什么秘密的喜悦？或者，是有什么人，牵动了她的心？似乎只有爱情的力量，才能让她的眼神中，充满了这样甜蜜的温柔。但是，靖萱养在深闺，根本没有机会和外界接触，唯一的一个人，是雨杭！

这个想法，使梦寒悚然而惊，真的吗？再想靖萱，对雨杭一直是千依百顺，崇拜备至。就算雨杭比靖萱大了十几岁，似乎也构不成爱情的阻力。这样想着，她的心就隐隐作痛起来。雨杭，三年来，他生活在曾家的屋檐下，总是郁郁寡欢，似乎一直在努力压抑着自己，每次见到梦寒，他的眼中流露的光彩，常常让她耳热心跳。可是，两人除了眼神的交汇以外，都很小心地，很刻意地回避着一些东西。梦寒在七道牌坊的禁锢下，是什么都不敢想的。雨杭在恩情道义的包袱下，又能想什么？图什么呢？但是，尽管她和雨杭间，什么都"不能有"，却有一种什么都"似乎有"的感觉，温暖着她那颗伤痛而寂寞的心。现在，一想到这"似乎有"，很可能是自己的误会，她就满心痛楚。接着，她又为自己这种"痛楚"而生起气来。多么可耻的思想呀！她怎会有这样一个不贞的灵魂呢？于是，她拼命把雨杭的名字，逐出自己的脑海。但，那名字就像空气一样，无所不在。她竟然逃也逃不掉，避也避不开。这种生活，是一种煎熬，她就在这种煎熬中，苦苦地挨着每一天。靖萱的苏醒和美丽，并不是只有梦寒发觉了，其他的人也都发觉了。然后，有一天，奶奶突然从靖南的悲剧中把自己解放出来了。她振作了起来，走出了哀悼的阴影，再度挺直了她的背脊。她把文秀找到房间里，婆媳两个，关着门做了一番密谈。于是，这天晚上，当大家围着餐桌吃晚餐时，她就在餐桌上，兴冲冲地做了一个重大的宣布：

"雨杭！靖萱！你们两个听我说，我有个天大的消息要公布，相信你们也会很高兴的……我决定，让你们两个成亲！"

"哐当"一声，牧白手中的饭碗，落在地上打碎了。奶奶瞪了他一眼，很温和地说：

"你也真沉不住气，连个饭碗都端不牢！没有先和你商量，是想给大家一个惊喜！雨杭这些年来，在我们家，功劳也有，苦劳也有，我一直想让他名正言顺地成为曾家人！自从靖南死去，我太伤心了，家里的事都不曾好好地想过，今天忽然有如大梦初醒，他们两个，男未婚，女未嫁，郎才女貌，有如天造地设……幸好这些年不曾将靖萱许配人家，想来也是天意如此！"她把眼光转到雨杭脸上，更加柔和地说，"不过，我有个小小的要求，我们招你入赘，你要改姓曾！反正，你那个江，也不是你的本姓，这点儿要求，你就依了奶奶吧！"

奶奶这番话，使餐桌上的人，人人变色。只有文秀，是事先知情的，所以，笑吟吟地看着大家。见雨杭脸色苍白，神情惊讶，她有些儿困惑，就笑着对雨杭说：

"你别排斥招赘这回事！这些年来，你在咱们家，还不是和自家人一样！你想想，还有更好的安排吗？咱们不必把靖萱嫁出去，又不必给她找个陌生人来，你呢？本来就是牧白的接班人，现在，更是咱们的继承人了！"

靖萱的脸色显得非常苍白，睁大了眼睛，不知所措。

梦寒飞快地看了雨杭一眼，就不由自主地转开了头。心里像是突然卷过了一阵大浪，翻搅得五脏六腑都离开了原位。是啊，奶奶真是绝顶聪明，才想得出这样的安排，实在是合情合理。想必靖萱会喜出望外，雨杭呢？雨杭也不可能有异议吧？"你怎么说呢？"奶奶追问着雨杭，"只要你点一下头，咱们就立刻安排喜事！你……说话呀！"

雨杭这才逼出一句话来：

"不！我不能……我不能答应这件事！"

此话一出，牧白似乎松了一口大气。奶奶却神色一僵：

"什么意思？为什么你不能答应？难道我们靖萱还配不上你吗？""不是这样……"雨杭慌乱了起来，苦恼而急促地说，"是我配不上靖萱，我比她大了十几岁，我来曾家的时候，她还是个五六岁的孩子，我是看着她长大的，在我内心，她就是我的一个小妹妹……我无法改变这种先入为主的观念……对不起，请你们不要做这样的安排，这太荒唐了！"

"什么话？"奶奶深受伤害地说道，"我这样兴冲冲地，预备张开双臂来迎接你成为真正的曾家人，把我们家最宝贝的女儿许配给你，你却回答我，这太荒唐了！"

"娘！"牧白忍不住开了口，"这种事不能勉强，请你们尊重雨杭的意思吧！他把靖萱当妹妹看，也是一种很珍贵的感情，我们尊重这份感情吧！"

"胡说！"奶奶那颗热腾腾的心，突然被泼了冷水，真是气不打一处来，见牧白也不支持自己，就有些发怒了，"这种八竿子打不着的兄妹关系，咱们就不要提了！靖萱今年都十九了，哪里还是个小妹妹呢？十九岁的女孩子都够格做娘了！雨杭，你有没有好好地看一看靖萱……"

靖萱听到这儿，是再也听不下去了。她"呼啦"一声，从椅子里站了起来，涨红了眼圈，含着满眼眶的泪水，颤抖着嚷："奶奶！你们把我当成什么了？拿我这样品头论足，你们就不顾我的脸、我的自尊吗？人家雨杭已经说了，他不答应，他不接受，他根本不要我嘛……你们还在那儿左一句，右一句……你们让我太……无地自容了！"说完，她一转身，就用手蒙着嘴，哭着跑走了。

"唉唉！"雨杭跌脚大叹，沮丧到了极点，"你瞧，你瞧，你们把我逼的……我这下伤到她了！糟糕透了！"

"你伤到她了！"奶奶锐利地盯着他，"你会心痛吗？你会着急吗？""我……"雨杭这一下，也变了脸，重重地拉开了椅子，他站起来，急促而坚决地说，"让我明白地告诉你们，我不会娶靖萱的！我也不会改变我自己的姓氏！我不管江神父是不是外国人，这个姓有没有道理，它对我的意义就是非常重大！江神父收养了我，等于是我的再生父母，我以他的姓氏为荣！请你们不要再提招赘这回事，我拒绝！我完完全全地拒绝！"说完，他也转过身子，夺门而去了。

文秀泄气地大大一叹。

"怎么会这样排斥呢？"她困惑地问，"靖萱又不是丑八怪，长得应该算是漂亮的吧！又正是花样年华，人有人才，家有家财，他有哪一点不满意呢？"

"这事才没有这么简单就算完！"奶奶的头一昂，倔强而坚定地说，"咱们曾家于他有恩，知恩就该图报！这是他欠了咱们家的！"牧白看着奶奶那坚定的脸，怔住了。

这天晚上，梦寒来到了雨杭的房里。

雨杭一看到是梦寒来了，就全身一震。他情不自禁地，深深地吸了口气，把房门关上以后，他就像一张贴纸似的，用背贴着门。他双眸灼灼地紧盯着梦寒，哑声地问：

"你来做什么？""我……"她嗫嚅地说，"我奉奶奶之命，来和你谈谈靖萱的事！"他不说话，眼光死死地缠在她的脸上。有两簇火焰，在他的眸子里燃烧，使他那对深邃漆黑的眼睛，带着烧灼般的热力，一直洞穿了她的身子，洞穿了她的思想，洞穿了她的心，也洞穿了她的灵魂……这两簇火焰，如此这般地洞穿了她，在她身体里任意地穿梭，把她整个人都燃烧起来了。她不能移动，也不能转开视线，只能被动地站着，一任他的眼光，将她烧成灰烬。他们就这样对视着，好久好久。

"你知道吗？"他终于开了口，声音沙哑而低沉，"我和你认识五年了。五年来，这是你第一次走进我的房间。这漫长的五年里，我常常在想，不知道何年何月，何日何时，你会走进我的房间来，让我们能静静相对，一分钟，或两分钟都可以。我相信，那一刹那，会是永恒。结果，你终于来了。是'奉命'来和我谈靖萱的事！"

泪水迅速地往她眼眶里冲去，冲得那么快，使她连抬手擦拭都来不及，泪珠已经滚落在衣襟上面了。

他震动地看着她。不是水能灭火吗？但是，她的"泪水"却使他眼中的"火焰"更加炽烈了。

"你既然是来和我谈靖萱的，"他说，"你就谈吧！要我娶靖萱吗？你也要我娶靖萱吗？只要你说得出口，只要你亲口对我说，我听你的！"

她张口结舌，一个字都说不出来。

他往前迈了一大步，她立刻往后退了一大步。

他继续紧紧地盯着她：

"我以为，这个世界上，就算所有的人都不了解我，最起码，有一个人是了解的！这些年来，多少次我想离开曾家，多少次我想远走高飞，可是，为了你的一个眼神，或者是一声叹息，我就什么抵抗的能力都没有了！每次远行在外，总有一个强烈的呼唤声，把我唤了回来，难道，是我听错了？难道，你心底从没有发出过任何呼唤，只是我意乱情迷……"

她不能再听下去了，再往后退了一步，挣扎着说：

"你怎么可以……对我说这些话？怎么可以……"

"对！"他的语气激烈了起来，"我承认是不应该，不可以，所以这么多年来，我从来不说，只能放在心里面自我煎熬，我活该要忍受这种煎熬，并不冀望你来同情！但是，你怎么可以'奉命'来说服我？这个家里头，谁来说这话我都忍了，如果是你来说，你就等于是拿了把刀子来砍我！你怎么忍心呢？你看不到我的痛苦，也感觉不到我的煎熬吗？"

她被击倒了。神志昏乱，心中绞痛，眼里心里，全是雨杭。雨杭的眼睛，雨杭的声音，充斥在她整个整个的世界里。她太害怕了，太恐惧了，转过身子，她冲向了房门。他飞快地拦过来，伸手抓住了她。她奋力地挣扎，颤抖地低喊着：

"在我们一起毁灭以前，让我出去吧！你默默地守护了我那么久，不会忍心让我崩溃！是不是？是不是？"

他立刻放开了她，退后了一步。她的眼泪扑簌簌滚落，伸手拉开了门，再回头，用那泪雾迷蒙的眸子，深深地看了他一眼，就匆匆地逃走了。这带泪的眸子，和这深深的一眼，使他就这样陷入万劫不复，死也不悔里去了。梦寒狼狈地逃回到自己的房里。

把房门"砰"的一声关上，她心慌意乱地扑伏在门边，掏出小手绢拭着泪痕，一面深呼吸，试图稳定自己的情绪。一口气还没缓过来，竟有个人影突然扑向了她，一把抓住了她的手腕，喊着说："嫂嫂！你救我！救救我呀！"

她大吃一惊，定睛看去，靖萱的泪眼和她的泪眼就接了个正着。顿时间，她像是被捉到的现行犯，觉得自己完全无法遁形了。惊慌失措之余，还有一股强大的犯罪感。她张口结舌，吞吞吐吐地说："怎么……怎么是你？你……你……"

靖萱"扑通"一声，就对她跪下了。

"嫂嫂，全世界只有你能救我，你一定要救我！"靖萱的双手，攀住了梦寒的胳臂，不断地摇着她，似乎根本没注意到梦寒的不对劲。"你……你……你起来，起来慢慢说！"梦寒扶住了她，把她从地上拉起来，做贼心虚地问，"我……我去雨杭那儿，你……你看到了？""我知道奶奶要你去说服雨杭，大家都知道雨杭对你最服气，你说的话，他一定听……所以所以，你一定要跟雨杭说……说……"她碍口地说不下去。"我知道了！"梦寒苦涩地说，"你要我去告诉他，你……喜欢他？你希望他不要再反对了？"

靖萱的眼睛睁得好大好大，然后，竟"哇"地哭出声来。

"怎么了？怎么了？"梦寒心慌意乱地安慰着，"你别哭呀！雨杭他……雨杭他并不是有意要伤你的心……是奶奶提得太突然了，他还没有心理准备……你不要难过，等过一两天，他会想明白的……"她说得理不直，气也不壮。

靖萱哭得更厉害了，哭得梦寒的心整个都揪起来了。把靖萱拉到床边，让她坐了下来，梦寒急促地说：

"到底是怎么回事，你不说，我也弄不清楚，你说呀！"

靖萱这才哭哭啼啼地说了：

"我不能嫁给雨杭，我无论如何不能嫁给雨杭，你去帮我告诉他，不管奶奶和爹娘怎么逼我，我都不能接受！"

梦寒大惊，反手一把抓住靖萱，激动得不得了。

"你是说，你不要这个婚事？你不愿意和雨杭成亲？"

"我没办法，我也不是要伤害雨杭的自尊，实在是……是……我心里已经有了一个人了！"靖萱终于低喊了出来，也激动得不得了。"你心里有一个人？"梦寒讷讷地问，"这个人不就是雨杭吗？""怎么会是雨杭呢？"靖萱急了，"雨杭一直像我亲哥哥一样，我怎么可能和他有男女之情呢？是……是……"她急迫地抓紧了梦寒的手，终于把心中这最大最深的秘密给抖出来了，"是秋阳呀！"梦寒的身子惊得一跳。内心深处，有种解脱的狂喜，有个呐喊般的声音说，还好，她爱的人不是雨杭！但是，立刻，这狂喜就被恐惧和震惊掩盖了，有个战栗的声音在说：不好！怎么会去爱上秋阳？

"靖萱！"她着急地叫，"你在说什么？不可能！你怎会和秋阳……你别吓我，这到底是怎么回事呀！"

"我跟你招了，我把什么都告诉你！"靖萱一口气说了出来，"我爱秋阳，秋阳也爱我，我们从很久很久以前，就开始相爱了。我都不记得自己是什么时候开始爱他的，或者，是你还没进我家以前就开始了。那时，秋桐常常带我去卓家，我和秋阳就有说有笑的。后来，我们两家发生了好多事，这些事把我们两个更加紧紧地系在一起。我每星期去学画，他都会在老师家门口等我，我们就这样偷偷地见面，已经好多好多年了！"梦寒瞪大了眼睛，不相信地注视着靖萱。

"可是，你每次去学画，都有绿珠丫头陪着你呀！"

"我放绿珠的假，我一进画室，绿珠就回她爹娘家去了。到了时间，咱们才在牌坊下面会合，一起回家，所以，绿珠也好高兴陪我去学画，这么多年，都神不知鬼不觉的……总之，就是道高一尺，魔高一丈嘛！"

"你还敢说什么道高一尺，魔高一丈！"梦寒方寸大乱，站起身来，绕着房间走来走去，"你明知道这是'魔'，你就让自己陷下去！"话一出口，就蓦然想起自己和雨杭，不也是如此吗？这样一想，心里就更是纷纷乱乱，不知所措了。

"我没办法，"靖萱一副视死如归的样子，"我和他已经一往情深，义无反顾了！今生今世，除了他，我不嫁任何人！"

"可是，"梦寒忽然想起来，"他不是去北京念大学了吗？"

"是！已经大三了，但是，每个寒暑假，他都会回来，我们也一直在通信……你不信，我把他写给我的信拿给你看！"

"信寄到哪里去的呢？"

"我在邮局开了个信箱，每次学画的时候就绕过去拿……

总之……""道高一尺，魔高一丈。"梦寒说。

"反正就是这样了！"靖萱急切地说，"你要不要救我嘛？现在，离放暑假还有两个多月，秋阳又不在，我连个商量的人都没有，你如果不帮我想办法，我就完蛋了！"

"听我说！"梦寒站住了，抓住靖萱的胳臂用力一摇，"不要傻，不要糊涂了！你们这样的爱，是根本没有未来的！你不是没看见，奶奶是怎样看待卓家人啊！当初，为了秋桐的牌位进祠堂，都闹得天翻地覆，那还不是活生生的人，只是个木头牌子呀！名义上也仅仅是个小星，奶奶还要争成那个样子，你现在想想，你跟秋阳，会有什么希望呢？这些年来，在雨杭的努力下，卓老爹好不容易才在咱们家的漆树园里，当了个工头，如果奶奶知道了你和秋阳的事，那不知道会发生怎样的惨剧！我告诉你，你会害死卓家一家人的！"

靖萱的脸色变得惨白惨白了。

"那……那……我要怎么办呢？"

"我……我也不知道要怎么办。我只知道，这件事就是你知我知，你再也不能告诉任何人，不论奶奶怎么逼你，你都不能泄露一个字！否则会天下大乱的！你听我，你一定要听我！然后，你试着去……慢慢地和秋阳断了吧！"

靖萱猛地一抬头："我可以不爱自己的生命，可是我不能不爱秋阳！"

梦寒猛地吸了口大气，心乱如麻。

"你要不要救我嘛？"靖萱问，"目前最大的难题就是雨杭这一关了！我知道奶奶一旦决定了的事，就是九牛拉不转的！所以，不管你用什么方法，你一定要说服雨杭，别被奶奶说动才好！""我……哦！我现在被你搅得心烦意乱，不过我可以告诉你，雨杭不是问题，问题还在奶奶！你让我好好地想一想，只要你答应我沉住气，千万千万不要泄露这个秘密，我也答应你，我会尽我的全力来阻止这件事！"

靖萱含泪地点点头，用充满感激的眼光，信任地看着梦寒。梦寒接触到这样的眼光，心里却更乱了。到底自己能有多大的力量，来阻止这个家庭里的重重悲剧呢？

她掉头看着窗外，但见树影憧憧，楼影憧憧，全在一片朦朦胧胧的夜雾里。透过夜雾，雨杭的笛声正掩掩抑抑、悠悠扬扬地传了过来。如怨如慕，如歌如诉。这笛声使她的情绪更加零乱了。

第八章

　　这个晚上发生的事，对梦寒来说，是太沉重，太意外，也太震撼了。她简直没有办法思想。雨杭一整夜都在断断续续地吹他那支笛子，似乎在告诉所有曾家的人，他有个无眠的夜。这笛声搅乱了梦寒的情绪，也吹痛了她的心。雨杭的表白，靖萱的爱，这两件事在她心中此起彼落地翻腾着。她一直知道，雨杭在爱着她，却不知道爱得如此强烈。她也从不曾分析过自己对雨杭的爱，到底有多少，到底有多深？只因为，仅仅是"分析"，也是一种罪恶呀！她怎么可以有那种妄想呢？但是，雨杭的一番话，把所有的道德观念一起打乱，她感到自己内心深处，压抑不住的热情正在疯狂般地萌动着。眼底心底，全被雨杭涨满了。雨杭的眼睛，雨杭的声音。她逃不开他了，她忘不掉他了，怎么办呢？她不知道。她好像掉进了一个漩涡里，在那流水中不停地转，不停地转，不知道要转向何方，停在何处。

奶奶这夜也无法成眠，她也听到了雨杭的笛声，她把它当作一种无言的抗议。越听越生气，越听越恼怒。怎有这样不识抬举的人呢？不只是不识抬举，而且是忘恩负义！如果不是失去了靖南，她也不会去勉强雨杭。如今曾家已经后继无人，才会悲哀到去求雨杭入赘，雨杭怎么不能体会这层悲哀？就算不喜欢靖萱，也该为了曾家的恩情，而勉为其难呀！曾家没有嫌他的出身贫贱，他还这样推三阻四！到底是什么原因呢？为什么一个贫无立锥之地的人，还有这样莫名其妙的骄傲，她不明白，完全想不通。

第二天，全家的气氛都很低沉。雨杭一早就避了出去，靖萱整天不肯出房门，文秀唉声叹气，牧白心事重重。梦寒被奶奶叫到屋里，盘问说服的结果，听到说服失败，气得怒骂了一句："平常伶牙俐齿，好像很会说话的样子，真派你做点事，就这么没有用！你到底有没有晓以大义？"

"该说的我都说了，就是说不过他，"梦寒怯怯地说，"不过，问题也不只他一个人，好像靖萱也不太愿意……"

"靖萱一个女孩子家，父母要她嫁谁就嫁谁，她有什么资格不愿意？"奶奶更气了，"对从小看着她长大的雨杭不满意，难道她宁愿去嫁一个全然不认识的人吗？"

"大概就因为是从小看着她长大的，她才觉得别扭吧！"梦寒竭力委婉地说，"这件事恐怕不能太勉强，毕竟是两个人的终身大事，万一勉强地撮合了，以后……再不和的话，也是挺麻烦的……""哼！"奶奶打鼻子里重重地哼了一声，"大家走着瞧吧！看谁会输给谁！我不信这事就办不成！"

梦寒低着头，不好再说什么。奶奶也不要听她的了，气呼呼地叫她回房去。她如获大赦，匆匆忙忙地就告退回房了。

这天夜里，靖萱刚刚睡着不久，忽然在睡梦中，被人连棉被一起给抱了起来。她大惊而醒，发现自己正被高大的张嫂扛在肩上，俞妈、朱妈等人随后，簇拥着她往雨杭房飞奔而去。她奋力挣扎，脱口惊呼：

"你们要干什么？快放下我来……救命啊……救命啊……"

"小姐，你别叫，"张嫂喘吁吁地说，"咱们奉奶奶的命令，送你去和雨杭少爷成亲……"

"天啊！天啊！"靖萱大喊，"谁来救救我呀……"

喊声未完，她已经被抱到雨杭房门口，张嫂等人飞快地冲开了房门，就把靖萱往雨杭床上一丢，靖萱跌在雨杭身上，两人都大叫了一声。张嫂等人已退出门去，房门砰然阖上，接着就是锁门的声音。

雨杭因为昨夜一夜没睡，今晚实在太累了，所以睡得很沉。被这样一闹，仓促醒来，还没弄清楚是怎么个状况，就听到奶奶的声音，在门外说：

"我已经翻过历书了，今晚是吉日良辰，何况俗语说，拣日不如撞日，所以，我就给你们定了今晚成亲！你们两个，都是奶奶的心肝，千万别辜负了老奶奶的一片美意！改天，咱们再给你们摆酒宴客！"接着，一片乒乒乓乓的声音，居然有人在钉窗子。雨杭大惊失色，急忙从床上翻身下床，找到了桌上的火柴，把灯点亮了。灯一亮，他就一眼看到，衣衫不整的靖萱，正坐在自己的床上哭泣。这一下，他真是气急败坏，急忙大叫：

"奶奶！不可以这样子！你们这样太过分了，这是干什么？这是什么意思嘛？不行不行……奶奶！快开门呀！事关靖萱名节，不能这样做呀……"他扑到门边，用力地打着门，推着门，"开门！赶快开门！"

"我已经决定的事，就不能更改！"奶奶高声说，"不用叫了，叫也没有用。你们珍惜这良辰美景吧！若干年以后，你们会感谢老奶奶这番苦心的！不用若干年，说不定几天以后，你们的感觉就不一样了！"

"奶奶！奶奶！"靖萱也跳下了床，奔到窗前去摇着窗子，"奶奶，我求求你……不要这样对我呀！你真的让我无地自容啊……""有什么无地自容的？"奶奶在窗外说，"你又不是和人暗度陈仓，又不是和人私订终身，你是奉奶奶之命成亲，是名正言顺，非常光彩的喜事！不要再害臊了，咱们走！"

"不要不要不要！"靖萱疯狂般地叫了起来，用身子去撞窗子，撞得窗子砰砰砰地响，"奶奶，你放我出去，让我维持一点儿尊严吧！奶奶，你不开门你一定会后悔……"她发现叫奶奶没用，开始放声大喊，"爹！娘！嫂嫂……你们都来呀！为什么要这样对我啊……"

同时，雨杭也在对门外没命般地大喊：

"你把我们当成禽兽吗？你完全不顾我们的羞耻，也不顾我们的感情吗？这是什么世界？这是怎样疯狂的家庭，再不放我们出来，我就要撞门了……"话未说完，他抓起了一张椅子，狠狠地丢在门上，发出好一阵惊人的巨响。

这样一阵大闹，把梦寒、牧白、慈妈等人都给惊动了，丫头、老妈子，都从各个角落纷纷奔来。牧白一看到这种情况，就快要昏过去了。他抓住奶奶的手，激动得语无伦次：

"娘！快放他们出来！不要铸成大错……这样违反伦常……会遭世人唾骂嘲笑，我们生生世世都会堕入地狱，永世都不得超生……快给我钥匙，给我！给我……"说着，他就往奶奶身上去找钥匙。"你疯了吗？"奶奶怒喊，"我成全一对小儿女的婚姻，有什么不对？要你这样胡说八道地来诅咒我？你反了？你简直是逆伦犯上！""干爹！"雨杭在门内喊，"你亲口答应过我，决不勉强我这件事……你快放我出去！"说着，仍然不断地拿家具撞门。

"奶奶！奶奶！"梦寒见事态紧急，也顾不得自己说话有没有分量，有没有立场了，"你听他们两个都这样不愿意，再闹下去，怕会出事，请您不要操之过急吧！让他们出来吧……靖萱以后，还要做人呀！"

就在这一片喧闹声中，"豁啦"一声，那两扇木门，实在禁不起雨杭的大力冲撞，被撞得倒了下去。靖萱一看门开了，用手握着衣襟，从门内没命地冲了出来。梦寒急忙迎上去，脱下自己的外套，披上了她的肩，拥抱着她，陪着她一起匆匆地跑开了。奶奶见好事不成，气得不得了，跺着脚说：

"你们这些不孝的儿孙，没有一个能体谅我的心，成全我的希望吗？"雨杭找出一件长衫，一面穿着衣服，一面往门外就走。牧白急急地拦住，紧张地问：

"半夜三更了，你要到哪里去？"

"只要能离开这个可怕的地方，到哪儿都好！""你有没有良心？"奶奶问到他脸上去，"我是爱护你，欣赏你，把我的孙女儿送到你怀里来，难道靖萱是毒蛇猛兽吗？是见不得人的吗？会带给你侮辱吗？你这样子毫不留情地把她推出门去，你就不怕她受不了？"

"让她受不了的不是我！"雨杭对着奶奶大吼起来，"是三更半夜被人活逮了，给扔到一个男人的床上去！她生在一个专出贞节牌坊的地方，长在一个拥有七道牌坊的家族中，你们从小灌输她的又是什么样的教育？为了一个石头建筑物，一个女人要不就苦苦地守，要不就惨惨地死，你们不是一直这样教育她的吗？现在你们竟想利用她的身体，来换一个流着曾家血液的后代，你们就不怕她会用自己的生命，再替你们曾家添一道牌坊！"说完，他大步地往门外走去。牧白兀自惶惶不安地追在后面问："你去哪里？你要去哪里？"

"我住到船上去，我要想清楚，我和你们曾家的这段渊源，是不是该彻底地断了！"说着，就头也不回地走了。

"断就断！"奶奶气坏了，颤巍巍地喊着，"你神气些什么？你以为我们曾家就少不了你，离不开你吗？"

牧白看着雨杭负气而去，急急地回转身子，对奶奶说：

"娘！我有话要对您说！"

"折腾了大半夜，什么事都没办成，气死我了！"奶奶对围观的众人大声说，"还看什么看？都睡觉去！文秀，你快去看看靖萱丫头，别真的想不开，我给雨杭说得心里犯嘀咕！"

"是！"文秀急忙去了。仆人们也都散去了。奶奶这才看着牧白："有什么话，明天再说吧！"

"不成！"牧白一脸的惶急，"我怕到了那时候，我这股勇气和决心，又荡然无存了。"

奶奶皱着眉头，奇怪地看了看牧白，就转身回房，牧白紧跟于后。奶奶的房门刚刚关上，牧白就一步上前，激动万分地说：

"娘！我不能不告诉你了！免得铸成大错！雨杭，他……他……不是我的干儿子，他是我的亲儿子！"

奶奶背脊一挺，脸色大变，紧紧地盯着牧白，有两秒钟简直不能呼吸。"你说什么？"她不敢相信地问。

"娘！如果我现在对你说的话，有一个字虚假，我就会被天打雷劈！"牧白沉痛而紧张地说，"雨杭是我当年在杭州经商时，和一个女子生下的儿子，那个女人的名字叫吟翠！三十二年来，我苦守着这个秘密，都快被这个秘密逼疯了！"

奶奶目瞪口呆，半晌不能言语。终于，她直勾勾地瞪着牧白，说："你为了让他免于入赘，竟编出这样的谎言来吗？如果他是你的儿子，为什么到他十五岁，你才认他为干儿子，到他十九岁，你才第一次带他回家？如果你带回来的是个褓褓中的婴儿，或是一个五六岁大的孩子，这事还有几分可信……""你一定要相信我呀！"牧白激动得不得了，"这孩子因为我的错，已经度过了许多孤苦的岁月，这件事说来话长呀！当年我在杭州做生意，认识吟翠，因为吟翠是个欢场女子，我是怎样也没有勇气把她带回家来，也不敢把自己的风流韵事，让爹娘知道，因为咱们家的规矩实在太多了。那年四月初三，吟翠生了雨杭，名字都来不及取，吟翠就和我大吵了一架，因为她想和我成亲，让孩子名正言顺，我却没有办法娶她。结果，她一怒之下，抱着孩子，在一个大风雨的晚上，跑出去就失踪了。我带着人到处找，到处找，找了五天五夜，终于找到了吟翠的尸体，而孩子，却遍寻不获。"牧白眼中充泪了。奶奶也听得出神了。"这整个的故事，就像秋桐和靖南的，不同的，是吟翠生了一个儿子！天在惩罚我，让这样的历史在曾家一直重演！"

"但是，你说，孩子已经失踪了！"

"是的，孩子失踪了，我也快发疯了，我不相信吟翠可以狠心到带着孩子一起去死。我跑遍了整个杭州市，找这个孩子，找来找去都找不着。后来，我就回家和文秀成了亲，这件事更是不能提了。接下来的许许多多年，我每年去杭州，就每年在找这孩子。直到十五年后，我听说在圣母院有个孤儿，年纪轻轻就能行医，名叫雨杭，我真是吓了一跳，立刻赶到圣母院，找到了江神父，才知道那个大风雨的晚上，吟翠把孩子放在圣母院的门口，人就不见了。在孩子的身上，留下了一块金牌，这金牌是我送给吟翠的定情物，上面是用吟翠的手迹刻下的两个字：雨杭！"

奶奶睁大眼睛，一眨也不眨地紧盯着牧白，越来越相信这个故事了。"娘！你不知道我那时有多么激动，本要和雨杭立刻相认，但是江神父阻止了我，说这孩子冰雪聪明，却感情脆弱，非常敏感，容易受伤……对于自己是个弃儿的事实，早已成为他心中最大的隐痛，他恨透了遗弃他的生身父母，江神父希望我永远不要认他，免得对他造成更大的伤害……
我答应了江神父，这才见到雨杭……"牧白的声音哽咽，泪，
不禁夺眶而出了，"我一看到他，就知道他是我的儿子了。
娘，难道这么多年，您都不曾怀疑过……您不曾在他身上，
找到我年轻时的影子吗？"奶奶听得痴了，傻了。此时才有种
醍醐灌顶的感觉，许多以前不了解的事，现在都恍然了。怪
不得牧白对这个干儿子，简直比亲儿子还疼爱。怪不得有的
时候，他对雨杭几乎是低声下气的，怪不得他看雨杭的眼神，
总是带着歉意，怪不得他永远有一颗包容的心，去面对雨杭
的骄傲和别扭，怪不得他会把整个曾家的事业，毫无保留地
交给他……怪不得，怪不得，怪不得……怪不得有那么多的
怪不得！奶奶心里虽然已有八成的相信，但是，毕竟事出突
然，一切都太意外了，她一时之间，无法接受。想了半天，
才压抑着心里突然萌生的一种兴奋，问："你会不会太一厢情
愿了？你怎能凭一块金牌，断定这是你的儿子？""那块金牌
是绝无仅有的呀！当然，还不止金牌，他襁褓时的衣服，包
着他的小包被，还有那个盛着孩子的篮子，都是我和吟翠一
起去置办的呀！而且，在孩子身上，还留下了一张纸笺……"
牧白急急地从腰间翻出一个小荷包，"我收着，我仔仔细细地
贴身收着，我拿给您看，上面是吟翠的手迹啊！"他从荷包
里取出一张颜色泛黄的、折叠方整的纸笺来，双手颤抖地递
给了奶奶。奶奶立刻打开了纸笺，只见上面，有娟秀的字迹，
写着两行字：

烟锁重楼，恨也重重，怨也重重！

不如归去，山也重重，水也重重！

奶奶深深地抽了口气，到了此时，竟有些承受不住，不知道是喜是悲？是真是假？该怀疑？该相信？是痛苦？是狂欢？各种复杂的情绪，排山倒海般地冲击着她，使她双腿发软，整个人都摇摇欲坠，她不禁跌坐在椅子里，用手扶着头，呻吟似的说："雨杭是曾家的骨肉？他是我们家硕果仅存的一条根？真的吗？真的吗？你不是编故事骗我吗？哦！老天爷！我该相信还是不该相信呢？""娘！"牧白悲切地喊着，"我怎么可能在瞬息之间，编出这样完整的故事来骗你呀！还有吟翠的纸笺，我怎么可能连道具都准备好了来骗你呀！"

奶奶越来越相信了，忽然间，心里竟然恐惧起来。

"你瞧……今儿个这样一闹，会不会把他气跑了？雨杭……这孩子，脾气一向就别扭……你还是快去船上，把他先给我追回来再说！你去告诉他，招赘这事，我就绝口不提了！叫他快点回来，那条船上，现在又没吃的，又没喝的，怎么能住人呢？""是！"牧白用衣袖匆匆地擦了擦眼睛，往门外就走，走到门口，想起什么，又折回到奶奶面前，取回那张纸笺，再珍贵地收回到荷包里。抬眼看了看奶奶，他小心翼翼地又说："他回来了，您可别跟他提这回事，这些年来，我试探过他多少次了，他确实无法原谅他的父母，所以，我不要失去他，我不要吓走了他！相认不相认对我来说，已经不重要，重要的是，他在我身边，就是我精神上最大的安慰了！"

奶奶点了点头："在没有更多的证据以前，我也不敢认他呢！"她说着，却又情不自禁地追了一句，"一定要把他叫回来！快去！"

"是！"牧白急急地去了。

奶奶看着牧白的背影消失，像个泄气的皮球似的，瘫痪了。倒在椅子里，她无比震动地，喃喃地低语着：

"老天啊！咱们曾家没有绝后，是吗？是吗？雨杭那孩子……天啊！我差一点把他们亲兄妹给送作堆了！怎会有这种事呢？"她看着窗外，天已经蒙蒙亮了。晨雾正弥漫在整个花园中，楼台亭阁，全在一片苍茫里。她想起吟翠的纸笺：

> 烟锁重楼，恨也重重，怨也重重！
> 不如归去，山也重重，水也重重！

她注视着窗外的轻烟轻雾，忽然间，心里就涌上了一阵莫名的苍凉。对那身世如谜的雨杭，竟生出一种难言的感情来。牧白追到码头上的时候，天已经大亮了。

雨杭正坐在码头边的一棵大树下，望着面前的江水发呆。心里千头万绪，烦恼重重。真想就此一走了之，永不归来。但是，怎么抛得下那孤独的梦寒？尤其，在他已经和梦寒做了那番表白以后？梦寒的泪，梦寒的愁，梦寒的欲语还休……都牵引着他，不能走，不能走，他走了，她要怎么办？不走，自己又要怎么办？正在思潮澎湃、举棋不定的时刻，牧白赶来了。"雨杭！雨杭！"牧白喘吁吁的，跑得上气不接下气，看到雨杭并没有"消失"，就暗暗地松了口气，"我跟你说，奶奶不会再要你入赘了，这件事过去了，你快跟我回家吧！"

雨杭站起身来，眉头皱得紧紧的，身子往后一退。

"我不相信！你把我叫了回去，奶奶又会想出办法来整我的，我现在不要回去，我要好好地想个清楚！"

"不会了！真的不会了！"牧白急急地说，"奶奶已经亲口跟我说，招赘这回事，她绝口不提了！你就把它忘了吧！回去吧！""干爹！"雨杭痛苦地看着牧白那张憔悴的脸，"我告诉你，我总有一天会被你们曾家的人弄疯掉！有的人拼命把我往外推，有的人又死命把我拉回去，这两股力量，永远像拔河一样，在我心里拉着扯着，我已经心力交瘁，觉得快要被这两股力量给撕成两半了！"他烦恼地用手揉了揉额头，"我怕了奶奶了，我服了奶奶了，她说什么绝口不提的话，我根本无法相信，这只是一个缓兵之计，等我回去了，她又会想出新的花招来的！说不定会给我下药！"

"没有的事，绝没有人会给你下药，你相信我呀！"

"我相信你也没有用，你拿奶奶也无可奈何！""我保证她不会再为难你，真的真的，因为……因为……"他看着雨杭，突然，有一股热血往脑袋里冲去，在一个激动之下，他脱口而出地说，"因为我告诉她，你是我的儿子，不是干儿子，是亲儿子！是我三十二年以前，在杭州和一个女子所生的孩子！"雨杭猛地一怔，迅速地抬头，目瞪口呆地看着牧白。

牧白也被自己这几句话给吓住了，胆战心惊地迎视着雨杭。雨杭愣了几秒钟，接着，就啼笑皆非地大笑起来。

"哈哈！我真不敢相信，你居然会编出这样的故事来骗奶奶！怎么？难道奶奶竟然上当了？"

牧白脸上的期待，顿时变成了失望。

"可是，你这个故事根本说不通呀！我是你在杭州生的儿子，怎么会住到圣母堂去了呢？怎么会变成孤儿的呢？"

"就是弄丢了嘛！或者，"牧白神色一正，"你也试着来听听这个故事，说不定你也会觉得这故事有几分可信……"

雨杭脸色一变，眼神中立刻充满了戒备，收起了玩笑的态度，他严肃地说："你可以骗奶奶，但是，绝不要来对我说故事，我不喜欢拿我的身世来做文章！昨天晚上的事，已经证明奶奶失去了理智，在这种情况下，她会被你骗了，我也毫不惊讶，反正她想一个继承人快想疯了。可我没有疯，你别试图用同一个故事来说服我，我闻到诱饵的味道，说穿了，就是招赘不成，干脆叫我入宗，对吧？你们这是换汤不换药，至于我，还是一个'不'字，请你打消各种让我改姓的办法吧！""其实，你不知道你的父亲是谁……"牧白勉强地说，"而我们却这样有缘，你就不能假定我是你的亲爹吗？"

"这种事怎能假定？"雨杭有些生气了，"我是被父母遗弃的啊，不管我的父母有什么苦衷，养不起或是无法养，我都没办法原谅他们！如果你是我的亲爹，你这十几年为我付出的一切，会因为前面那十五年的孤儿岁月，而一笔勾销的！"

牧白的胸口，像是被什么重物狠狠地撞击了，他困难地叹口气，额上竟冒出了豆大的汗珠。雨杭看了他一眼，忽然把声音放柔和了："干爹，你回去睡觉吧！这两天，被奶奶折腾得人仰马翻，我看，你也不曾休息，你去休息吧，别管我了！"

"我怎能不管你呢？"牧白急了，"我已经跟你说了，什么危机都没有了，你为什么还不肯回家呢？你到底要怎样呢？"

"我……我想回圣母院去！"

"什么意思？"牧白惶恐地问。

"我真的想回圣母院去，"雨杭的语气，几乎是痛苦的，"我好思念以前在圣母院的时光，那时的我，虽然穷困，却活得比现在快乐。我帮着江神父照料那些孤儿，感觉上，比帮你料理事业，似乎更有意义和成就感！我在曾家，其实是很拘束又很孤独的。我真的好渴望自由，想过一些海阔天空的日子，我不要……被曾家这古老的房子、古老的教条、古老的牌坊、古老的观念……给重重包围，我真的真的不能呼吸，不能生存了！""不不不！"牧白紧张了起来，"我不放你走！江神父有好多好多的孤儿，我现在只有你一个！你说我自私也好，你说我是失去了靖南而移情也好，我反正就是离不开你！在我内心深处，你就是我的亲儿子！我已经失去了太多，我不能再失去一个儿子！""我离开曾家，你也不会失去我啊！你要做的，只是赶快找一个人来接替我的工作……"

"怎么越说越严重了呢？"牧白悲哀地说，"难道这个家里，就没有丝毫的地方，值得你留恋了？"

"这……"雨杭才说出一个字，就忽然咽住了话，眼光直直地看着前方，怔怔地呆住了。牧白跟着他的视线看过去，惊讶地看到，梦寒牵着小书晴，正向这儿走过来。

"梦寒，"牧白急切地问，"你怎么来了？家里又出什么状况了吗？""没有没有！"梦寒急忙说，"我带书晴出来走走，顺便看看你们谈得怎样。"她的眼光直射向雨杭，眼里盛满了掩饰不住的哀恳，"家里已经风平浪静了，奶奶刚刚到了靖萱的房里，特地来告诉靖萱，招赘的事再也不提了，所以，靖萱好高兴，你不要担心回去以后，见到靖萱会别扭，不会的！靖萱一直把你当大哥！你还是她的大哥！奶奶看样子蛮后悔做了这件事，要我过来看看你们，怎么还不回家？"

"哦！"雨杭轻声地说，"原来，你又是'奉奶奶之命'，前来说服我的！"雨杭这几句话，如同一记闷棍，狠狠地打向了梦寒。她心里一痛，脸色一僵，盯着雨杭的眼光立刻从哀恳转为悲愤。她痛苦地咬了咬嘴唇，有口难言，胸口就剧烈地起伏着。雨杭话一出口，立刻就后悔了，见到梦寒这种样子，知道自己冤枉了她，心里就翻江倒海般地痛楚起来。一时之间，有千言万语想要说，但，上有牧白，下有书晴在场，他什么都不能说。牧白陷在自己的焦灼中，浑然不觉两人间的微妙。看到梦寒，像看到救兵似的，着急地说：

"梦寒，你快帮我劝劝他，我已经说了一车子的话，他就是听不进去，执意要走，一会儿说我们在拔河，一会儿说他会窒息，一会儿又是要自由，一会儿又是不能呼吸不能生存的……好像咱们家，是个人间地狱一样，其实，并没有这么严重，是不是？"梦寒的眼光，依旧直勾勾地看着雨杭，她微仰着头，不让眼眶里的雾气凝聚。但，两个眸子已像是浸在水雾里的星星，闪亮的，水汪汪的。"我想，"她咽着气说，"我说任何话也没有用的，如果他根本不要听，或者根本听不见的话！"

他迎视着她的眼光，脸上闪过了一种万劫不复的痛楚，咬着牙说："地狱也好，不能呼吸也好，生也好，死也好……这场拔河你们赢了，我跟你们回家！"

第九章

　　雨杭回来之后，奶奶真的绝口不提招赘的事了。非但不提，她的态度突然有了极大的转变，对雨杭和靖萱都非常温和，温和得有些奇怪。尤其是对雨杭，她常常看着他，看着看着，就看得出神了。每次在餐桌上，都会情不自禁地夹一筷子的菜，往他的碗里放去。这种温馨的举动，就是以前待靖南，她也没有过的。因而，难免使文秀、梦寒和靖萱都觉得惊奇。但，谁也不敢表示什么。牧白是心知肚明的。雨杭当然也明白，都是牧白的一篇"胡说八道"引起的反应，被奶奶这样研究和观察着，他颇为尴尬。不过，这种尴尬总比被送作堆的尴尬要好太多太多了，反正雨杭也无可奈何，只得由着奶奶去观察了。靖萱渡过了这个难关，就有如绝处逢生，充满了对上苍的感恩之心，生怕雨杭被自己那种"抵死不从"的态度伤害，她试图要对雨杭解释一些什么。雨杭对她也有相同的心，两人见了面，什么话都没有说，相对一笑，就彼此都释然了。

雨杭又住回了他的房里，撞坏的门也重新修好了。他开始焦灼地等待着机会，要单独见梦寒一面！有太多太多的话要对她说。可是，梦寒开始躲他了，每次吃完饭，她匆匆就回房，连眼光都避免和他的眼光相接触。平时，身边不是带着书晴，就是跟着慈妈，简直没有片刻是"单独"的。这使雨杭快要发疯了，等待和期盼的煎熬像一把火，烧焦了他的五脏六腑，烧痛了他的每一根神经，他不知道自己还能支持多久，觉得自己的脸上身上心上……浑身上下，都烙印着梦寒的名字，觉得普天下都能读出自己的心事了。而梦寒，她仍然那样近在咫尺，却远在天边。

他常常吹着他那支笛子，她听而不闻。他常常故意从她门前走过，门里，总是充满了声音，有小书晴，有奶妈，有靖萱，有慈妈……于是，他知道，如果她存心不给他机会，他是一点机会也没有的。她想要让他死！他想。她存心折磨他，非弄得他活不下去为止！他真的快被这种思念弄得崩溃了，那么想她，那么爱她，又那么恨她！这样，有一天，他终于在回廊上逮住了她，慈妈带着书晴在她身后，距离只有几步路而已。他匆匆地在她耳边说：

"今天晚上十二点钟，我来你房间！"

"不行！"她急促地说，"最近书晴都睡在我房里……"

没有时间再多说了，书晴已经蹦蹦跳跳走过来了，他只得威胁地说："那么，你来我房间，到时候你不来，我就什么都不管了，我会在你房门口一直敲门，敲到你来开门为止！

惊动所有曾家的人，我也不管！"他匆匆地转身走了，留下她目瞪口呆，心慌意乱。

这天晚上，他断断续续地吹着笛子，吹到十一点钟才停，吹得梦寒神魂不定，胆战心惊。梦寒等到了十二点，看到奶妈带着书晴，已经沉沉入睡。她溜出了房间，四面倾听，到处都静悄悄的，整个曾家都睡着了。她不敢拿灯火，摸黑走了出去。小院风寒，苍苔露冷，树影朦胧，楼影参差。她穿过回廊，走过小径，心中怦怦地跳着，好不容易才走到他的房门口。还来不及敲门，房门就无声无息地打开了，他伸出手来，把她一把拉进了房间。

房门在她身后合拢了。

他们两个面面相对了。她立刻接触到他那燃烧着的眼睛，像两把火炬，对她熊熊地烧了过来。她被动地靠在门上，心，仍然在怦怦怦地狂跳着，呼吸急促。他用双手支撑在门上，正好把她给"锁"在他的臂弯里。

"你预备躲我一辈子吗？你预备让我这样煎熬一辈子吗？你预备眼睁睁地看着我毁灭，看着我死掉吗？"他咄咄逼人地问。这样的问话使她毫无招架之力，使她害怕，使她心碎。她想逃开，但没有地方可逃。他不等她回答，手臂一紧，就把她圈进了自己的怀里，他的胳臂迅速地箍紧了她，他的唇，就忘形地，昏乱地，烧灼地，渴求地紧压在她的唇上了。她不能呼吸了，不能思想了，像是一簇火苗，"轰"的一下点燃了整个火药库，她全身都着火了。那么熊熊地燃烧着，美妙地燃烧着，万劫不复地燃烧着，视死如归地燃烧着……直把她每根头发，每个细胞，每根纤维，每个意念……一起燃烧成灰烬。好一会儿，他的头抬起来了，她的意识也慢慢地苏醒了。睁开眼睛，他的眼睛距离她的只有几寸远，他深深地凝视着她。那对眼睛深邃如黑夜，光亮如星辰，燃烧如火炬，广阔如汪洋。怎会有这样的眼睛呢？能够烧化她，能够照亮她，能够吞噬她，也能够淹没她……他是她的克星，是她的宿命，是她的魔鬼，是她的地狱，也是她的天堂……不，不，不，她摇着头，先是轻轻地摇，然后是重重地摇。不，不，不！这是毁灭！这是罪恶！她怎么允许自己陷入这种疯狂里去！

"不要摇头！"他哑声地说，用自己的双手去紧紧地捧住她的头，"不要摇头！这些日子以来，我最深的痛苦，是不知道你的心，现在我知道了！只要肯定了这一点，从今以后，水深火热，我是为你跳下去了，我什么都不怕，什么都不管了！"

她还是摇头，在他的手掌中拼命地摇头，似乎除了摇头，不知道还能做什么。摇着摇着，眼里就蓄满了泪。

"不要再摇头了！"他着急地，命令地说，"不要摇了！"

她还是摇头。"你再摇头，我就……我就又要吻你了！"他说着，见她继续摇着，他的头一低，他的唇就再度攫住了她的。

这一次，她的反应非常快，像是被针刺到一般，她猛地奋力挣扎，用尽浑身的力量一推，就推开了他。扬起手来，她飞快地，狠狠地给了他一个耳光。

这个耳光，使他迅速地往后退了一步。两人之间，拉开了距离，彼此都大睁着眼睛望向对方。梦寒重重地喘着气，脸色惨白惨白。雨杭狼狈地昂着头，眼神昏乱而炽热。

"你怎么可以这样对我？"梦寒终于说出话来了，"先把我逼进你的房里，再对我做这样的事！你把我当成怎样的女人？没有羞耻心，没有道德观，没有责任感，没有自爱和尊严的吗？你这样欺负我，陷我于不仁不义的境地，是要逼得我无路可走吗？"她一面说着，泪水就像断线的珍珠一般，不住地往下掉，"你忘了？我是曾家的寡妇，是靖南的遗孀呀！"

雨杭的眉头紧紧地一蹙，眼睛也紧紧地一闭，梦寒的话，像利刃般直刺进他的内心深处，刺得他剧痛钻心，冷汗涔涔。

"你这样说未免太没良心！"他睁开了眼睛，直视梦寒，语气悲愤，"你明知道你在我心里的地位，是那么崇高，那么尊贵！全世界没有一个人在我心中有你这样的地位！我尊敬你，怜惜你，爱你，仰慕你，想你，弄得自己已经快要四分五裂，快要崩溃了，这种感情里怎会有一丝一毫的不敬？我怎会欺负你？侮辱你？我的所行所为，只是情不自禁！五年以来，我苦苦压抑自己对你的感情，这种折磨，已经让我千疮百孔，遍体鳞伤！我要逃，你不许我逃！我要走，你不许我走！在码头上，你说我听不见你心底的声音，我为了这句话，不顾所有的委屈痛苦，毅然回来，而你，却像躲避一条毒蛇一样地躲开我！你知道我有多痛苦吗？你知道我等你的一个眼神，等你的一句话或一个暗示，等得多么心焦吗？你弄得我神魂颠倒，生不如死，现在，你还倒打一耙，说我在欺负你！你太残忍了，你太狠了！你太绝情了！"

梦寒的泪，更是奔流不止了。

"好了！"他转开头，冷冷地说，"如果你认为我对你的爱，是一种侮辱的话，那么，请你走吧！如果你心里根本没有我，只有那些仁义道德，那么，也请你走吧！我以后再也不会纠缠你，威胁你了！当我要离开曾家的时候，也请你再也不要出面来留我！我很傻很笨，我会误会你的意思！"

她咬咬嘴唇，咬得嘴唇出血了。她站在那儿，有几秒钟的迟疑。然后，她重重地一甩头，就毅然地掉转身子，伸手去开房门。他飞快地拦了过来，脸色苍白如纸。

"你真的要走？"他问。

"是的，我要走！"她咽着泪说，"我根本就不该走进这个房间，根本就不该站在这儿，听你说这些话！听你用各种方式来扭曲我，打击我！想当初，我是拜过贞节牌坊嫁进来的，但是，就在拜牌坊那一瞬间，我已经有了一个不贞不节的灵魂，因为我的喜帕飞到了你的身上，我掀开喜帕第一个见到的不是靖南而是你！从此以后，你的所作所为，你的风度，你的言行，你的谈吐，你的孤傲，你对我的种种照顾……全部变成了生活的重心，如果没有你，我生书晴的时候大概已经死了，如果没有你，靖南死的时候，我就该一头撞死在贞节牌坊上算了，何必再苟且偷生呢？为了这世界上有这么一个你，我活着，虽然活得好辛苦，但，能偶尔听听你的声音，看看你的容颜，悄悄地把你藏在内心深处，就也是一种幸福了！我以为，你对我也是这样的，发乎情，止乎礼！生活在同一个屋檐下，彼此默默地爱，默默地奉献，默默地关怀，默默地相许相知……可能就要这样默默地相处一辈子，但，绝不冒险打破这种沉默，以免连这份默默相爱的权利都被剥夺掉！你以为只有你在苦苦压抑？只有你在痛苦煎熬？你说我残忍！你才是残忍！不只残忍，而且毫无理性！既然口口声声说我心中没有你，算我白来这一趟！言尽于此，以后，我们就各走各的路，谁也不要管谁了！"一口气说完了这番话，她昂着头，又要去开门。他用身子挡着房门，眼睛里、脸上，全都绽放出光彩。

"终于，终于……"他吸着气说，"逼出了你这一番真心话！"他闭了闭眼，眼角竟滑落了一滴泪。他用手拭去泪，笑了："值得了，这就够了！如果默默相爱是你所希望的，我为你的希望而努力！我知道了，我明白了！曾家的七道牌坊像七道大锁，锁住了你，也锁住了我！"他深深地凝视着她，用发自肺腑的声音，低声下气地说，"原谅我！原谅我说了那些话，原谅我故意伤了你的心……我没有办法，我突然对自己完全失去了信心……如果不亲耳听到你说，我会失去全部的勇气……"她没有等到他把话说完，他的那一滴泪，他的笑，他的低声下气……使她那女性的心，再也承受不住，整个人都为他而震动了。她忘形地扑了过去，把他那热情的、狼狈的头，一把抱进了自己的怀里。他被这样的举动所惊怔了。内心的狂喜已难以形容，他抬起头来，四目相对，热情迸射。两人都同时找到了对方的唇，紧紧地贴在一块儿了。

一阵天摇地动，意乱情迷。她蓦地推开他，惊慌地喊：

"不行不行！这样演变下去会不可收拾！看看现在……"她惶恐至极，声音都发抖了，"看看咱们现在变成什么样子了？如果再不停止彼此的诱惑，我们还会做出更可怕的事情来！到时候，你忘恩负义，我十恶不赦，几百层地狱都不够我们下的！"她哀声喊，"快放我出去吧！快放我出去吧！真的爱我，就请保护我！"他悚然而惊，她最后那句话，使他惊醒了。"别慌！"他急切地说，"把眼泪擦了，再出去！"

她没有擦，奋力地拉开房门，她逃也似的，跌跌撞撞地跑走了。她并不知道，在这个黑漆漆的夜里，曾家还有另一个不眠的女人，正站在回廊上，望着雨杭那亮着灯的窗子发呆。这个女人，不是别人，正是曾家的奶奶。因而，奶奶目睹了梦寒冲出雨杭的房间，目睹了她用手捂着嘴，哭着跑开的身影。奶奶惊吓得张口欲喊，身子挺得笔直，一颗心掉进了无底的深渊里。第二天上午，奶奶把梦寒叫进了祠堂里。

屏退了所有的人，关起了那厚厚的大木门，奶奶开始怒审梦寒。"你给我在祖宗前面跪下！"奶奶声色俱厉。

梦寒一句话都没有辩，就直挺挺地跪下了。

"你说！你昨晚半夜三更，到雨杭房里去做什么？"

梦寒一个惊跳，立刻面如死灰，全身的血液，都在刹那间冻成了冰柱。她张口结舌，目瞪口呆，一句话都答不出来。

"说！"奶奶的龙头拐，重重地跺在地上，"你敢说一句假话，我会让你终生后悔！说！"

梦寒哪里说得出话来，全身都簌簌发抖了。

"我……我……"她颤抖着，口齿不清，"我……我……"

"你一个寡妇人家，怎么如此不避嫌疑？是不是你们之间，已有不可告人之事，你给我从实招来！""没，没，没有！"梦寒终于胆战心惊地喊了出来。

"没有？那你去干什么？不要对我说你根本没有去！是我亲眼看见你从他房里跑出来的！你们这样偷偷摸摸已经多久了？你说！你半夜溜到他房里去，有多少次了？你说！我现在都想明白了，怪不得雨杭不肯成亲，原来和你暗通款曲！你这个无耻的女人，靖南尸骨未寒呀！是不是笛子声就是你们的暗号，他吹笛子召唤你，你就溜到他房里去！是不是？是不是啊？""不不不！不是！不是！不是！不是……"梦寒痛喊出声了，"奶奶！我跟您发誓，不是这样的！我嫁到曾家五年以来，一共只去过雨杭的房间两次，我不骗你，如果我说了假话，让祖宗罚我不得好死，让雷劈死我！上一次去，是奉奶奶之命，去说服他娶靖萱！这一次……这一次……"

"这一次是做什么？""这一次是……"梦寒心一横，开始编故事，"是因为雨杭执意要回杭州，念头一直没有打消，爹很不放心，要我有机会的时候跟他谈一谈……我确实是听到笛子声而去的，但是，并不是您想象的那样……我跟您发誓，我没有做对不起祖宗，对不起靖南的事啊……我也没有那个胆量啊……"

"那么，"奶奶尖锐地盯着她，"你为什么从他房里哭着跑出来？""因为……我们谈着谈着，就谈到了靖南，是我一时之间，按捺不住，悲从中来，所以所以，我就哭了，自己也知道不该哭，就跑出来了！"梦寒对奶奶磕下头去，"请奶奶息怒，请奶奶原谅，我知道我错了！以后……以后再也不敢了……"

奶奶直着眼，喘着气，暗暗地琢磨着梦寒的话。越想越狐疑，越想越生气。龙头拐又重重跺地。

"我不相信你！即使你说的是真的，你到雨杭房里去哭哭啼啼，也是品行不端，毫无教养的行为！一个女人的眼泪，是可以随便在男人面前掉的吗？你这不是勾引是什么？"

"我……我错了！我错了！我错了！"梦寒一迭连声地说，不住地磕着头，"是我糊涂，是我不避男女之嫌，都是我错！我已经后悔极了！""我会去找雨杭问个清楚！假若你说了一个字的假话，我会要你求生不得，求死无门！"

梦寒打了个冷战。"奶奶！"不知从哪儿冒出来的勇气，她吸着气说，"我做了任何的错事，请奶奶关着门惩罚我，如果闹得尽人皆知，我也没有脸再活下去了！雨杭那儿，空穴无风，您要问尽管问，只怕他刚刚发生靖萱的事，又再卷入这场是非，他是无法在曾家立足了！奶奶要三思啊！"

奶奶一惊，此话如同当头棒喝，打醒了奶奶。她此时此刻，最怕的还是雨杭离开曾家。身世之谜，没弄清楚之前，她是怎样也无法放走雨杭的。她瞪着梦寒，实在不知道梦寒的话有几分真、几分假。她从鼻子里"哼"了一声，用拐杖在梦寒背上一戳，严厉地说：

"我姑且信了你！你现在给我在祖宗前发重誓，发毒誓，说你绝不再逾越礼法，心中绝对不会再存丝毫暧昧的念头，你会安安分分，循规蹈矩地过日子，远离杂念！说！"

梦寒满怀羞耻，含悲忍泪地跪向祖宗牌位，恭恭敬敬地磕了三个头。"媳妇梦寒，跟祖宗发誓，从今以后，绝不再逾越礼法，绝不会心有暧昧，从此一定循规蹈矩，倘若再有丝毫言行失控，做出引人猜疑的事，梦寒愿遭五雷轰顶，万马分尸！"

奶奶点点头，似乎得到了某种安慰。

"我告诉你！列祖列宗在天上盯着你，我在地上盯着你！曾家几世几代的清誉，七道牌坊的光荣，绝不容许败在你手上！如果你一旦食言，就算没有五雷轰顶，我也保证你生不如死！现在你就给我跪在这儿，好好地忏悔一番！"

奶奶说完，拄着拐杖，掉头而去。

梦寒跪在那儿，像是被魔咒给咒住了。抬眼看去，只见曾家的牌位，重重叠叠，森森冷冷地排列着，如同一个阴森巨大的丛林，自己就被锁在这片丛林里，永远永远都走不出去了。这天雨杭不在家，一早就跟牧白出去办事，到黄昏时分才回来。回家后，听老尤说，梦寒又惹奶奶生气，被罚跪了祠堂，他就大吃一惊。一心一意想找梦寒谈一谈，却苦无机会。晚餐时，他按捺不住，去看梦寒，梦寒正襟危坐，目不斜视，苍白的脸上，带着种几乎是恐惧的表情。这表情使他不安极了，担心极了。而奶奶，整个晚餐的时间里，都在默默地观察着他们两个。雨杭的心揪紧了，难道，昨夜的倾谈，已给梦寒带来了灾难？

他的怀疑，到晚上得到了证实。当他在书晴房里，故意逗留，在那儿教书晴写字的时候，慈妈无声无息地走了过来，塞了一张折叠得小小的纸笺给他。他收了纸笺，脸上虽然若无其事，心里已有如万马奔腾。回到房里，他打开纸笺，只见上面写着：

一番倾谈，百种罪孽，奶奶已经起疑！七道牌坊，如同七道魔咒，我已被禁锢，无处可逃！助我救我，请远离我！

他把纸笺紧压在胸口，心里，是撕裂般的痛楚。他抬眼看着窗外，只见烟锁重楼，雾迷深院。透过那迷蒙的夜雾，曾家大门外那七道牌坊，隐隐约约地耸立在夜色中，那么巍峨巨大，高不可攀，像是七个巨人，正看守着曾家所有的人与鬼！

第十章

雨杭和梦寒，就这样陷进了一份绝望的爱里。

这份绝望的爱，把两个人都折磨得十分凄惨。梦寒说得很好，只要默默地相爱，不需要接触，不需要交谈，把爱深深地藏在心里就可以了。但是，这样的爱太理想化了，太不实际了，太虚无缥缈了，太神圣了……雨杭没有办法这样神圣地去爱一个女人，他渴望见她，渴望和她相聚，渴望和她相守，渴望和她"朝朝暮暮"！这种渴望，使他神思恍惚，心力交瘁。他想不出任何办法，可以飞渡曾家的重重关防。无论是有形的门与锁，还是无形的门与锁，都把他和梦寒，牢牢地锁在两个不同的监牢里。不能探监，不能通信，偶尔交换一个视线，她都像犯了重罪一般，会张皇失措。不知道奶奶怎样吓唬了她，她怕得要命，真的怕得要命。不只她怕，连慈妈都怕。慈妈自从帮梦寒传过信以后，就知道了两个人的心事。她好心痛，这五年以来，她眼看着梦寒在曾家的种种遭遇，也眼看着雨杭对梦寒的种种照顾。尤其梦寒难产的一幕，让她永远难忘！雨杭对梦寒的这一片心，她早就有些明白了！真遗憾，为什么当初嫁的人是靖南而不是雨杭？难道婚姻都是错配的吗？但是，事已至此，曾家是这样标榜"贞节牌坊"的家庭，梦寒已经没有翻身的余地了。如果她还有什么非分的想法，她会被奶奶整死的。慈妈想到奶奶，就比梦寒还紧张。她拒绝再帮两人做信差，找到一个无人的机会，她哀求般地对雨杭说："雨杭少爷，老天爷牵错了红线，配错了姻缘，可这是咱们小姐的命！求你饶了她吧！你会害死她的，真的！"

"慈妈，"他听不进去她那些话，只是哀恳地，焦灼地说，"你快想一个办法，让我能见上梦寒一面才好，我有很重要的话要对她说……""我没有办法，我什么办法都没有！"慈妈转身就逃走了。以后，连慈妈都避着他了。

这种日子不是人过的，这种日子会要他的命！一连许多天，他不敢待在曾家，他去了漆树园，和卓老爹、秋贵他们一起工作，锄草施肥，披荆斩棘，把自己所有的精力，都消耗在体力的工作上。他做得比谁都卖力，好像恨不得把一季的工作，全在几天内做完似的。这样卖力地工作，把别的工人都吓坏了。他倒也不去管别人，只是埋着头做自己的。然后，有一天，风雨交加，别的工人都避雨去了，他却淋着雨，继续工作了一整天。那天夜里，他开始发高烧。他自己是医生，深知这些日子来，体力和心力的双双煎熬，硬是把他打垮了。病情来势汹汹，第二天，他已下不了床。

奶奶、牧白、文秀、靖萱，以及小小的书晴，全都来探视他，只有梦寒没来，慈妈也没来。奶奶和牧白都很着急，奶奶把卓老爹骂了个没完没了，如果不是他管理不善，何至于要雨杭亲自去园里工作？不顾雨杭的坚决反对，他们还是给雨杭请了大夫，大夫说了一大堆的"内热""外寒"之类的名词，开了一些中药，吃下去以后，一点用也没有。雨杭高烧不退，几天以后，人已经憔悴不堪，形销骨立。奶奶真的很着急，私下问牧白："他自己是医生，怎么不给自己好好地治一治呢？"

"唉！"牧白叹气说，"这所有的医生，都是会给别人治病，就不会给自己治病，他老说他没事没事，也不曾看到他开什么药给自己吃！搞不好他那个药箱里的药，都给咱们家的人吃光了！""你去瞧瞧！瞧瞧他那个药箱里还有没有药？我也不管他信不信中医了，我让张嫂给他炖人参，补一补再说！"奶奶说着，蓦然间话题一转，"牧白，我问你，"她严肃地说，"你上次告诉我的那个故事，到底是不是真的？你说那吟翠是个欢场女子，什么叫'欢场'？如果她骗了你呢？如果这孩子根本不是你的种呢？你有没有更有力的证据来证明这件事？"

"娘！"牧白痛苦地说，"我们现在不要研究这个了，好不好？如果你要怀疑吟翠的清白，那么，这是一件永不可能有证据的事！我说过，和不和他相认，对我已经没有那么重要，只要我不会失去他！""唔，"奶奶沉思着，自语似的说，"对你或者不重要，对我，它却太重要了！对曾家，也太重要了！"

　　牧白此时此刻，实在没有心思研究这个。他回到雨杭房里，去翻他的药箱，打开来一看，里面的药瓶多得很，每瓶药都还有大半瓶。他忍不住去推床上的雨杭："喂！你醒醒，你这药箱里明明有药，为什么不吃吃看？"

　　"别烦了！我不想吃！"雨杭一翻身就面朝里睡，拿棉被把自己的头蒙住。牧白拉开了棉被，伸手摸摸他的额。

　　"你烧成这样子要怎么办？已经五天五夜了，烧一直没有退，你不是有退烧药吗？是哪一瓶呢？"他拿了一堆药瓶到他床前去，"你看一眼呀！"雨杭被他拉扯得无法休息。忽然间，他翻过身子来，一把抓住了牧白胸前的衣服，睁大了眼睛，激动地冲口而出：

　　"干爹！我没救了！吃什么药都没有用了！"

　　"什么话？"牧白脸色大变，"不过是生场小病而已！干吗要咒自己呢？"他瞪着雨杭，在雨杭眼中看出了一些东西，他担心地问，"雨杭，你是不是有什么心事？"

　　这一回，雨杭再也沉不住气了。他从床上坐了起来，手握着拳，重重地捶了一下胸口：

　　"是的！我有心事，我被这个心事，快要压得窒息了！我真的苦不堪言，生不如死！干爹，你害死了我！"

　　牧白脸色惨白："我害死了你？是……是什么心事让你这么痛苦呢？是……是……你的身世吗？为什么是我……害你……"

　　"你为什么要收养我？为什么要让我走进曾家？为什么

要让我遇到梦寒？"雨杭喊了出来，用双手痛苦地抱住了头，"我爱上了梦寒！"他呻吟般地说，"我爱上了梦寒！"

牧白猛地一震，手里的一瓶药掉到地上打碎了。他跌坐在床沿上，目瞪口呆地看着雨杭。"干爹！"雨杭话已出口，就豁出去了，他扑向了牧白，抓着他摇了摇，"请你帮助我！请你救救我，我真的心慌意乱，束手无策了！我知道，这是不可以的，这是错误的，我违背了道德礼教，罪不可赦！可是，我就是情难自禁，我完全控制不了自己的感情，我就是爱她，好爱好爱她！爱到我神魂不定，心都碎了！我简直活不下去了！"

牧白仍然呆若木鸡，雨杭再摇了摇他。

"你不要这样子！请你帮我！也请你帮梦寒……"

牧白整个人都跳了起来。

"你是说，这不是你的单相思？梦寒也……也……"

"是！梦寒上次被奶奶罚跪祠堂，就因为奶奶撞见梦寒从我房里出去！但是，梦寒是来跟我说，我们不可以相爱的，但是，人生并不是所有的事，都能用'可以'或'不可以'就解决的！""奶奶也知道了？"牧白更加惊惶了。

"没有！奶奶只是怀疑，可是，梦寒已经吓得魂飞魄散了！她已经全面性地拒绝跟我沟通了！我们住在同一个屋檐下，却见不了面，说不了话，这种生活，实在是人间地狱，我过不下去了！梦寒，她嫁进曾家那天，她的红巾就飞到我的身上，或者，命中注定她是我的！她现在还那么年轻，你们为什么要让她把整个的一生陪葬掉呢？如果我可以给她一个幸福的婚姻，一个崭新的未来，不是也很好吗？"

"住口住口！不要说了！"牧白紧张地一把抓住雨杭，低吼着说，"你给我彻底打消这个念头，放弃这种论调，你听清楚了吗？再也不要提这件事，再也不要让奶奶起疑！你听到了吗？你们不可能有婚姻，不可能有未来，什么都不可能有！这不是我答不答应，或奶奶点头摇头的事！这是整个白沙镇的事！你明白吗？"雨杭眼神昏乱地盯着牧白。

"因为七道牌坊不单是曾家的，几百年下来，它们已经是整个白沙镇，整个歙县，整个徽州地方上的一种光荣徽帜，它们在老百姓的心目里是神圣的，不容亵渎的，要是谁敢让这七道牌坊蒙羞的话，那会引起公愤的！所有曾氏家族的族长都会出来说话，所有的镇民都会群起而攻之！那会是一个人间最惨烈、最残酷的悲剧！那绝不是你能承受的，更不是梦寒所能承受的！假若弄到那个程度，我连救都没法救你们！我不骗你……"他激动地摇着雨杭，"雨杭！你千万别糊涂，千万别害梦寒！这件事到此为止，你的痴心妄想，只会害了你自己，毁了梦寒！这太可怕了！你一定要相信我……你今天病得糊里糊涂，我等你脑筋清楚了，再跟你仔细谈！"

雨杭绝望地往后一倒，倒在床上，所有的力气都没有了。他闭上眼睛，不想说话，也没力气说话了。牧白见他这样子，痛在心里，却不知怎样来安慰他。这件事，给他的震惊太大太大了，他必须去抚平自己的思绪。再看了雨杭一眼，他惶惶然地说："你可能是烧糊涂了，才会说这些，赶快吃点药，把烧退下去再说！""你不要管我了！"雨杭激烈一喊，就往床里面滚去，把脸对着墙说，"你随我去吧！我死不了的！"

牧白毫无办法，只得带着一颗惊慌失措的心，忧心忡忡地离去了。雨杭躺在那儿，觉得自己从来没有这样脆弱过，真是心灰意冷，了无生趣，情绪低落到了极点。本来就在发高烧，这一下，更是全身滚烫，四肢无力，整个神志，都变得混沌不清了。就在这片混沌不清中，他忽然觉得有人在推着他，有个声音在他耳边急切地低喊着：

"雨杭！雨杭！雨杭！雨杭……"

梦寒！可能吗？他陡地惊醒了！翻过身来，他迷迷糊糊地睁开了眼睛。于是，他看到梦寒的脸，在一片水雾中荡漾。她坐在床沿上，向他仆伏着身子，她那美好的双瞳，浸在两泓深深的潭水里。怪不得贾宝玉说女人是水做的，梦寒就是水！涓涓的水，缠绵的水，清幽的水，澄澈的水，澎湃的水，激荡的水，汹涌的水……即将把他吞噬淹没的水！

"雨杭！你醒一醒，你看到我了吗？你看着我，因为我只能停两分钟，慈妈在门外帮我把风，可是我怕得要命，我不敢多待！所以，你一定要清醒过来，否则我就白白冒了这么大的险，白白跑了这一趟！"

雨杭真的清醒了，他猛地抬起身子，抬得那么急，以至于一头撞在床头的横柱上，撞得"砰"的一声响。梦寒急忙去帮他揉着，泪水扑簌簌地潸潸而下。泪珠滴在他的脸上，如同清泉甘露，他精神一振，沮丧全消。他努力睁大眼睛，伸手去捉住了她在自己额前忙碌的手："你来了！你居然冒险来了！""听我说！"她挣开了他的掌握，伸出双手，去捧住了他的脸，她逼视着他，用力地，清晰地说，"你一直是我的医生，我不允许你病倒！请你为了我，快快地好起来！靖萱告诉我，你不吃药，又不给自己治疗，你要让我心痛而死吗？不能和你接触，不能跟你说话，已经是最大的煎熬了，我们谁都没有办法再多承受一些了！你，千万千万，要为我保重啊！"

他盯着她，笑了："我哪有生病？我好得很，故意做出生病的样子来，就为了把你骗过来，听你讲这几句话！不信，我下床给你看！"他坐起身子，掀开棉被，就要下床，无奈一阵头昏眼花，天旋地转，整个人就差点滑落到地上去。梦寒大惊失色，急忙扶住他，把他推上床，他无法再逞强了，坐都没坐稳，就重重地倒回去了。梦寒扑在他身上，泪如雨下，哽咽地低喊：

"雨杭，你要我怎么办？"

他伸出手去，抚摩着她的面颊，试图用手指拭去她的泪。

"我错了，"他哑哑地说，"不该把自己折腾成这个鬼相，让你担心，又让你冒了这么大的危险来看我！你放心，我会吃药，我马上就会好起来，真的，不骗你！我知道，你来这么一趟，是多么艰难，要鼓起多大的勇气，你来了，我真的是万死不辞了！我要为你坚强，为你赴汤蹈火，排除万难，不管前面有七道，还是七百道牌坊，我咬了牙也要一个个闯过去！"他轻轻地推了推她，"去吧！快回去，别让奶奶看见了！我现在这样衰弱，只怕保护不了你！你快走！"

她点了点头，站起身来，他的手从她面颊上落下来，却又握住了她的手。他的手因发热而滚烫，她的手因害怕而冰冷。她舍不得把自己的手从他手中抽出来，站在那儿痴痴地看着他，两人泪眼相看，都已肝肠寸断。然后，慈妈在外面轻轻咳嗽，使两个人都惊醒过来。梦寒仓促地擦擦眼泪，匆匆地说："我非走不可了！"他松了手。她毅然地一转身，向门口奔去。他紧紧地注视着她的背影。她跑到门口，忽然站住，又掉回头，再奔回到床边，俯身在他唇上印下一吻。她用热烈的眼光瞅着他，激动地说："啊，我会被五雷轰顶，万马分尸！"

说完，她飞快地站起身来，这次，再也不敢回头，她匆匆地跑走了。他看着她的身影消失，看着那两扇门合拢，他低喃着说：

"你不会！五雷要轰你，必先轰我，万马要分尸，必先分我！就算七道牌坊全倒下来压你，也必须先把我压成肉泥！因为我会挡在你的前面！"雨杭这次的病，虽然来势汹汹，去得倒也很快。一个星期后，他又跑出跑进了，看起来精神还好，只是消瘦了许多。奶奶对他这场病，觉得有点儿纳闷，病得奇怪，好得也奇怪！她更加警觉了，把梦寒盯得死死的。所幸，梦寒自从跪祠堂以后，似乎深有所惧，每日都关在房间里，深居简出。这使奶奶在疑惑之余也略略放了心。

但是，牧白却如坐针毡，惶惶不可终日。自从知道了雨杭的秘密，他简直是忧郁极了，担心极了。梦寒还这么年轻，雨杭又这么热情，孤男寡女，干柴烈火，万一再发展下去，一定会出事！他想来想去，只好下定决心，先把雨杭调走再说！希望时间和空间，可以冲淡两人的热情。于是，当雨杭病体稍愈，他就和雨杭来到码头上，他看着泰丰号说：

"这几天，我已经吩咐行号里，陆续把货物装箱上船了！"

雨杭震动地看着牧白，眼光变得非常敏锐。

"我想，你还是早一些走比较好，免得你留在家里夜长梦多！我实在太担心了！"牧白坦白地正视着他，"你办完了事情，就回杭州去看看江神父吧，你不是心心念念要回去看他的吗？你不妨在那儿多住一段时间，冷静冷静你的情绪，换一个环境住住，或者，你就会醒过来了！"

"干爹，"雨杭憋着气说，"你是在赶我走吗？"

"我实实在在舍不得你走，但是，我情迫无奈，逼不得已啊！""别说什么情迫无奈，逼不得已的话！你对我确实是仁至义尽，今天是我对不起你，你如果想和我恩断义绝，不必兜圈子，你就对我直接说了吧！"

"什么恩断义绝？"牧白大惊，"哪有那么严重？你以为我要和你一刀两断吗？""难道不是吗？从来都是我要走，你死命不让我走，即使是我闹脾气，住到船上来，离家咫尺而已，你也苦口婆心地非把我劝回不可，每逢我要跑船的时候，你更是千交代、万嘱咐地要我早日归来。这些年来，你一直像只无形的手，无论我到哪里，你都把我往回拉，可是，我现在却强烈地感觉到，你这只手，在把我拼命往外推……""你不要误会啊，"牧白焦灼地说，"这只是暂时的，因为我不能放任你再在这个危险的感情旋涡里去转，你会毁灭的！""我不会毁灭，只要你帮我，我就不会毁灭！"

"我不能帮你！一点点都不能帮你！"

"我懂了！"雨杭悲愤地说，"你我的父子之情，实在没办法和那七道牌坊相比！你重视那些石头，更胜于我和梦寒！你们曾家都是这样的，什么都可以割舍，什么都可以放弃，就为了那七道牌坊！以前，我听说有的宗教用活人的血来祭祀，我不相信，但是，这些牌坊，就是用活人的血来祭祀的！"

"你不要说这些偏激的话！无论如何，忠孝节义是我们中国最基本的美德，我们不可以因一己的私欲，把它们全体抹杀！你是那么聪明的人，为什么如此执迷不悟？你必须振作起来，忘掉梦寒！你放心，我和你的父子之情，永不会断！我也不会重视牌坊，更胜于重视你！就因为太重视你，才苦苦劝你离去！到杭州去另外找一个物件……"

"我不跟你说了！"雨杭生气地说，"你从没有恋爱过，你根本不了解爱情！你要我走，我就走！反正这是你的家，我无可奈何！但是，我告诉你，不管我走到哪里，我都不会放弃梦寒！"他掉转身子，大踏步地走开了，剩下牧白，满心痛楚地站在那儿发呆。几天后，雨杭好不容易，看到梦寒带着慈妈和书晴，从花园中走过。他四顾无人，就再也顾不得忌讳，冲了过去，他匆匆地对慈妈说了一句："慈妈，掩护我们！"就一把拉住梦寒的胳臂，把她拖到了假山后面去。

慈妈大吃一惊，吓坏了，赶紧拉着书晴，坐在假山外面的出口处讲故事。一会儿讲虎姑婆，一会儿讲狼来了，心慌意乱之余，讲得乱七八糟。幸好书晴年纪小，完全不解世事，照样听得津津有味。在假山后面，雨杭把握着仅有的机会，和有限的时间，急促地说："你听着，梦寒！我再过三天，就要上船，可能要两三个月才能回来！"梦寒点点头，难掩满脸的关怀之情。

"你的身体怎样？为什么不多休息几天呢？"

"别管我的身体，我的身体好得很，自从你来过以后，我就好像被打了强心针，现在是刀枪不入、水火不攻了！你放心！你听好，我已经下了决心，我要去做一番安排，你好好地在这儿等我，我回来以后，就带着你远走高飞！"

梦寒瞠目结舌："你什么？你说什么？什么远走高飞？"

"梦寒，在这个家庭里，你我只有两条路，一条是被礼教处死，一条是被相思处死，总之都是死路一条！我们这么年轻，我们必须闯出第三条路来！所以，我这次要去杭州，要去上海，为我们的未来找寻帮助，我现在已经有了腹案了，我要带着你和书晴，远涉重洋到英国去，到一个完全不同的国度，那儿没有牌坊的压迫，没有礼教的挞伐，也没有愤怒跟唾弃来伤害我们！我们可以重新开始，建立一个全新的家！"

梦寒深深地抽了一口气，急遽地摇起头来：

"不行不行！你快打消这样的念头，我不能跟你走！"

"你一定要跟我走！"雨杭坚决而热烈地说，"我们都已经试过了，你那套'默默地爱'是行不通的，我也不要这样'默默地'爱你，我要让全天下都知道我爱你！我无法忍受相爱是犯罪，是见不得人的这种事实！所以，让我们站到阳光底下去，坦坦荡荡地爱吧！"

"不行不行！"梦寒依旧慌乱地摇着头，"我没时间站在这儿听你的天方夜谭了！我要走了！给人撞见，我就跳进黄河也洗不清了！""梦寒，"他正色地，真挚地，几乎是命令地说，"我从来没有这么认真过，我也终于明白，没有你，我是无法在这个世界上生存的！我的生命和你的生命，已经缠在一起，再也分不开了！请你相信我，不要惊慌，也不要犹疑，等我回来带你走！""你不要计划也不要白费心机了！"她急急地说，"不论我在感情上面是多么把持不住，我还有我的道德观、我的思想和我的为人……我已经充满犯罪感了，你还要诱惑我，煽动我，我不能再堕落沉沦下去了！我不跟你走，绝不绝不！"

"我以为，你是爱我的！"

"爱是一回事，放弃自己的责任又是一回事！让我坦白告诉你吧！我对你的爱，那么深刻又那么强烈，几乎没有任何一种感情能够和它相比！但，我也深受良心的谴责，这份谴责，使我痛苦不堪！我觉得我已经是大错特错，恬不知耻！如果我再荒唐到去和你私奔的话，我会轻视我自己，痛恨我自己的！在我轻视自己又痛恨自己的情况下，我怎能继续爱你呢？所以，如果我真的跟你走了，我们的爱，也会在我强烈的自责下破灭掉！那，还会有什么幸福可言呢？"

"哦！"雨杭痛苦地低喊，"我现在必须和你讨论你的'道德观'，修正你的思想，但是，我没有时间，没有机会跟你彻底地谈！想见你一面，单独说几句话，比登天还难，像现在这样还是瞎撞出来的，你叫我怎样来说服你呢？怎样跟你讲道理呢？""你不用说服我，也不要和我说道理了！你那套'坦坦荡荡'的爱，才是行不通的！我们有什么资格'坦坦荡荡'呢？我们的缘分只有这么多呀！好了，不要再谈下去了，太危险了！你……"她深深地看着他，"一路顺风，珍重珍重！"

说完，她冲出了那座假山，拉起小书晴的手，就急急地走掉了。雨杭仍然站在那假山边，呆呆地站了好久好久。梦寒的话，像是一盆冷水，对他当头泼下。但是，他没有泄气。自从梦寒在他病中出现在他床前，用那种狼狈而热情的声音说"啊，我会被五雷轰顶，万马分尸！"之后，他就无惧无畏了。如果，在这人间，像这样强大的爱，都没有力量冲破难关，那么，还有什么力量是可以信任的呢？

三天后，雨杭离开了白沙镇。

第十一章

　　雨杭的暂时离开，使曾家很多的人都松了口气。牧白怀着有关雨杭身世和爱情的双重秘密，已经不胜负荷，整天都提心吊胆，所以，这次是真的希望他早些走。奶奶自从知道雨杭可能是曾家的骨肉以后，对雨杭的感情就非常矛盾，一方面不自禁地要去喜爱他，一方面又不自禁地要去怀疑他。再加上那份隐隐的不安，生怕梦寒和他之间，发生不可告人之事，所以，也弄得整天精神紧张。现在，他走了，她才能静下心来仔细地想一想。梦寒虽然离愁百斛，无限相思，可是，他走了，她总算不必躲躲藏藏，到处避嫌了；也不必连视线眼光都受监视了；更不必害怕，他会从假山后面跳出来，或深更半夜一直吹笛子了。这才有机会喘一口气。

　　这样，两个月过去了。曾家，不管私下里怎样暗潮汹涌，表面上，却相当平静。人人都借此机会，休养着疲惫的身心。

　　靖萱好不容易，总算挨到放暑假了。这天下午，她又借着学画之便，和秋阳见面了。她和秋阳，从小，就有一个秘密的会面之处，他们称它为"老地方"。那是在一个幽静的小山坡上，有一片树林，林子里有很多的合抱的大树。在其中一棵上面，秋阳十七岁那年，在上面刻下了一株萱草，一个太阳，对她说："《红楼梦》里说，贾宝玉和林黛玉，前生一个是石头，一个是仙草，仙草因石头帮它遮风蔽雨，无以回报，便誓言转世为人，将用一生的眼泪来还！"他指着大树，笑着说，"现在你看，这太阳是我，萱草是你，咱们不像他们那么苦，因为太阳是温暖的，光明的，它会让萱草茁壮成长，朝气蓬勃！咱们之间，没有恩，没有债，没有眼泪，只有爱和阳光！"

说得那么好，怎么可能没有眼泪呢？没多久，靖萱就发现，眼泪和爱情根本是个连体婴，分都分不开的。在他们这些年的恋爱里，她还真的流了不少的泪，因为，她好爱哭，欢乐的时候要哭，离别的时候要哭，害怕的时候要哭，等待的时候要哭，久别重逢时，又忍不住要哭。

现在，两人在树下相逢，靖萱当然又控制不住眼泪了。这年的秋阳，已经念到大三了，再过一年，就要大学毕业了。他早已长成一个身材挺拔、皮肤黝黑、健康明朗、英俊潇洒的年轻人了。两人在大树下一见面，就忘形地拥抱在一起了。秋阳找到了她的唇，就给了她一个又热烈又缠绵的吻。吻完，他才激动地，迫切地说："我收到你的信，真是吓得魂飞魄散，奶奶怎么会那么疯狂，居然要把你和雨杭大哥送作堆！还好事情过去了，但是，我的危机意识也产生了！这样下去，不是办法，我远在北京念书，对你鞭长莫及，你家里随时会把你嫁掉，我们一定要想个长久之计才行！""眼前这个难关渡过了，我就放心不少，反正奶奶已经钻了牛角尖，家里只剩下我这个女儿，她一定会找个人来招赘的！平常的人奶奶还看不上！又要门当户对，又要肯入赘，哪有那么容易找呢？所以，我想，拖到你大学毕业，大概不难，等你毕业了，或者，奶奶会对你这个学历另眼相看，把我许给你也说不定！就像对雨杭大哥一样！雨杭什么都没有，家世，财产，门第……统统谈不上，就是有人才！"她抬头热烈地看着他，"好了！咱们不谈这个了！你，在北京半年了，有那么多女同学围绕着你，你……有没有……有没有……"

"交女朋友吗？"秋阳接口说，"当然有啊，大学里的女学生，和咱们这乡下地方是完全不同的，白沙镇保守得可以放进历史博物馆里去了！北大的女学生，都主动得很呢！有两三个，对我确实不错！""两三个吗？"她憋着气说，"她们很漂亮吗？很有才气吗？书念得很好吗？你跟她们到什么程度呢？"

"不过是拉拉小手，散散小步什么的……"

她的脚一跺，眼眶一红，转身就要走。秋阳一把抓住了她，把她牢牢地箍进自己的怀里，他紧紧地，紧紧地拥着她，在她耳边热烈地，真挚地，一往情深地低喊着：

"傻瓜！我的心里面，这样装满了你，无数无数的你，常常让我觉得，只要一不小心，你就会从我心里面，满溢到我的喉咙口，然后，从我嘴巴里掉出来……所以，我必须小心翼翼，万一你掉了出来，我还得把你抱牢，免得摔痛了你，再把你装回心里面去……"听他说得如此稀奇古怪，她不禁抬起头来，惊奇地瞪着他。他的眼睛亮晶晶的，整个脸都绽放着阳光。"我每天这样忙碌地呵护着我心里那无数个你，你认为我还有时间去交女朋友吗？即使我交了，她们看到我这样魂不守舍，张皇失措的，老是忙着照顾心里的那个你，你认为，她们还会要我吗？"她瞅着他，嘟起了嘴。

"你这人……学坏了！满嘴的胡说八道！"

他正视着她，不开玩笑了。他的眼光真切而坦白：

"我并没有胡说八道，我真的魂不守舍，每天算着回来的日子，简直是度日如年。每晚捧着你的信，不是看一遍，是看无数无数遍，一直看到每封信都可以倒背如流。我的心里，真的是塞满了你，没有任何空隙来容纳别人了！别说拉拉小手，散散小步了，就是聊聊小天都没有情绪……你的人虽然不在北京，你的音容笑貌，却和空气一样，无所不在啊！"

她眨着眼睛，长长的睫毛扇动着，眼里迅速地蓄满了泪，她又想哭了。"不许掉眼泪啊！"他警告地说，"我受不了你掉眼泪啊！"

偏偏她的眼泪就落下去了。

他飞快地用他的唇去吻住她的眼睛，吻完了左边，再吻右边。接着，就把她的头紧压在他的胸前。她听到了他的心跳声，那么沉重，快速而有力。感觉到这颗强而有力的心是属于她的，她就激动得浑身都发抖了。

靖萱这天回到家里，比平时晚了半小时，奶奶已经在那儿找人了。"怎么学个画学那么久？""是……今儿个上课比较晚，老师有点事……"靖萱支支吾吾的。幸好，全家没有一个人再追问下去，只有梦寒，对她深深地看了一眼。奶奶和文秀这天都很兴奋，根本没有怀疑她什么。奶奶不住地对她上上下下地打量，笑吟吟地对文秀说：

"我就说嘛，这丫头是红鸾星动了，挡都挡不住！上次的事幸好没成，要不然就错失了这次的良机，是不是？"

"可不是吗！"文秀应着，看着靖萱的眼光也是喜滋滋的。

"你们在说什么？"靖萱听不懂，但是，她的心已经猛烈地跳起来了。"靖萱，"奶奶微笑地接口，"今年就是逃不掉要给你办喜事。真是天大的好消息！去年来我们家提过亲的顾家，上个月又派人来说媒，我随便带了句话给他们，问他们家肯不肯入赘？结果，今天下午，他们回话了，已经一口答应了呢！"

靖萱脑子里"轰"的一响，如闻晴天霹雳。

"这个名叫顾正峰的孩子，跟你同年，"奶奶浑然不觉靖萱的不对劲，继续说着，"是顾家第五个儿子，人家人丁兴旺，所以不介意入赘这回事！"

"这顾家就是南门的顾家，"文秀怕奶奶说得不清楚，又补充着说，"是好人家！家世，门第，都没得挑！像这样的体面人家，父母健在，却肯入赘，真是咱们家的运气，太理想了！所以，奶奶也爽快地答应了！"

靖萱脸上的血色，全部消失了。一阵晕眩，天摇地动地袭来，她双腿一软，整个人就摇摇欲坠。梦寒慌忙从后面撑住了她，急急地说："天气这么热，八成中了暑！"

"中了暑？"奶奶定睛一看，"可不是！脸色白得厉害！我就说嘛，大热天的，去学什么画！梦寒，你快搀她回房歇一歇，反正亲事已定，这些话有的是时间说！等一等，我这儿有十滴水，拿几瓶去给她喝！"

梦寒拿了"十滴水"，扶着靖萱，匆匆地走了。

一回到靖萱房里，梦寒立刻把房门关好，就转身扑到靖萱身边，紧张地握着她的双臂，摇着她说：

"靖萱！你千万不能露出痕迹来呀！如果给奶奶他们知道了，你会遭殃的！我看这婚事是逃不掉了！你和秋阳……就此断了吧！""我不能断，我不能不能！"靖萱激烈地说，"我已经付出了整颗心，付出了所有的感情，除了秋阳，我谁也不嫁，奶奶如果逼我，我会宁死不屈的！"她攀住梦寒，哀恳地，求助地嚷着，"你帮帮我吧！你去告诉奶奶，我不能嫁到顾家去！如果现在嫁到顾家去，我已经有一颗不忠的心，我违背了所有的忠孝节义，因为，我叛离了秋阳！"

"你和秋阳，有没有……有没有……"梦寒瞠目结舌地问，"有没有做出过分的事情来？你们已经……"

"如果你问的是我有没有把身子给他，那是还没有，可我并不在乎给他，因为我的心早就给他了……"

"还好还好，"梦寒急忙说，"就此打住吧！靖萱，我不能去帮你说任何话，我没有立场也没有资格去帮你啊！你心里的苦，我明白，我比任何人都明白，我了解你是多么的痛不欲生，更了解你是多么的割舍不下！但是，生为曾家人，是命定的悲剧，你一定挣扎不开的！如果你拼命挣扎，你会弄得鲜血淋漓的！听我，听我！"

"如果秋阳肯入赘呢？"靖萱急迫地问，"我马上去找秋阳，让他也找人来提亲，秋阳的条件不会输给那个顾某某的！对了！"她积极起来，"就这么办，到时候，你和雨杭都帮我们敲边鼓……爹最听雨杭的话，咱们快发个电报，把雨杭找回来帮忙！""雨杭？"梦寒悲哀地，低声地，自语似的说，"他连自己都救不了啊，怎么救你呢？"甩了甩头，把雨杭硬生生地甩了开去，她振作了一下，紧盯着靖萱，诚挚地轻喊着："靖萱！这条路太辛苦，太遥远了！秋桐的事，你忘了吗？醒来吧！真的醒来吧！我多希望看到你有一个幸福美满的婚姻，多么希望有情人终成眷属。可是啊，我怎么这么害怕呢？我真的怕你和秋阳，会陷入绝境，会生不如死！不行不行，这种悲剧，不能在你身上发生，你醒醒吧！好不好？好不好？"

"不好不好！"靖萱激烈地说，"你不帮我，我也要想办法帮我自己！唯一不让我变成第二个你的办法，就是不向命运低头！看看你吧！父母之命、媒妁之言的婚姻，把你害得多惨，你还要让我重蹈覆辙吗？我不要！我一定一定不要！我要想办法，我非想出办法来不可！"

梦寒看着她那张坚定的，热烈的脸，看着她那种毅然决然的表情，和她那对灼亮的眸子，就什么话都说不出来了。

靖萱挨到了第二个星期，还是借学画之便，才见到了秋阳。"什么？"秋阳如遭雷击，"顾家愿意入赘？月底就要订婚？"

"是啊，我都快要急死了，好不容易熬到了今天，现在我要问你一句话，你愿不愿意入赘？"

"我？"秋阳吓了一跳。

"咱们只剩下这条路了！如果你真的爱我，要我，那就说服你爹娘，让他们来跟奶奶提亲，好歹和顾家竞争一下，只要赶在月底订婚以前，一切都还有希望！"

秋阳皱紧了眉头，似乎觉得靖萱的话说得不可思议。他激动地说："有希望？怎么可能有希望？第一个，我家里就不会答应入赘，你想想看，我爹我娘，我哥哥，包括死去的秋桐姐，大家付出一切来栽培我，他们眼巴巴地，就希望看到一个出人头地，光耀门楣的卓秋阳，如果我变成了'曾秋阳'，不是让他们每个人都要气死？他们怎么可能同意呢？"

"那……"靖萱咬着牙问，"你的意思是不肯了？是不是？"

"我……"秋阳为难极了，"这不是我肯不肯的问题，是我家里肯不肯的问题。靖萱，你家是赫赫有名的大户人家，对姓氏宗室看得很重，我家虽然卑微，对姓氏宗室是看得同样重要的啊！""总之你不愿意就对了！"靖萱又急又气，"嘴里说得那么好听，什么可以为我生，可以为我死的，结果，连一个姓氏都舍不得放弃！我看清你了，算了，我就嫁给那个顾正峰去，没感情就没感情，至少，人家不介意做曾正峰！"说完，她转身就跑。秋阳飞快地抓住了她，着急地喊：

"你不要意气用事，你听我说！就算我肯入赘，你以为奶奶会点头吗？你不要太天真了！秋桐只要当个小星，人都死了，木头牌位都进不了祠堂！这种记忆，我一生难忘！靖萱，"他正色看她，眼神真切而热烈，"以前和你谈恋爱，谈得糊里糊涂，一切只是身不由己，心不由主！自从念了大学，我就常常在想，我们以后要怎么办？等到发生了雨杭大哥的事以后，我更是想破了头，上次见面，我就跟你说过，我们一定要有长久之计！没料到我们这么快就要面对这个问题！我认为……"他加强了语气，"我们只有一条路可走，我们私奔吧！"

"私奔？"靖萱的眼睛睁得好大好大，呼吸急促。

"是的！私奔！"秋阳有力地说，"你千万别露出破绽，我也不告诉家里，事情必须非常机密，然后，等我筹备成熟，咱们说走就走！""可是……"靖萱犹豫地问，"我们要走到哪里去呢？北京吗？""北京去不得！你家发现你和我跑了，第一个要找的地方就是北京！""那你……你念了一半的书怎么办？"

"此时此刻，还顾得着念书吗？"秋阳大声地说，"书，以后还有机会去念，失去了你，我哪里再去找第二个？"

靖萱的眼睛仍然睁得大大的，不敢相信地看着秋阳，神情昏乱，"但是……但是……我们要去哪里呢？除了北京和白沙镇，你什么人都不认得，我们要怎么走呢？靠什么生存呢？"

"所以我说，我要筹备一下，第一件事，我们得弄一点钱，不管是走公路、铁路，还是水路，这路费总要筹出来。第二件事，是落脚之处，要找一个大城市，容易找工作的地方，我正年轻力壮，我也不怕吃苦，应该不难找到工作！靖萱，"他盯着她，"你愿意跟着我吃苦吗？我们这一走，你就再也不是金枝玉叶的大小姐了！""不管要吃多少的苦，不管要走多少的路，我都跟你去！"她热烈地说，"只要跟你在一起，人间就根本没有这个'苦'字！我们会把所有的艰苦化为欢喜，我要做你的'芸娘'！"

"说得好！"秋阳点点头，满脸都是坚决，"既然你我都有决心，那么事不宜迟，我立刻就去进行！"

"你哪里去找钱呢？"靖萱担心地问，"你知道，奶奶和爹娘认为我根本不需要用钱，所以我身边都没有钱，但是，我有一点儿首饰，不知道可不可以先拿去变卖……"

"你家的首饰一露相，大概我们谁都走不了！白沙镇的金铺就这么两家，全是你家开的！不过，你可以带着，万一路上需要时再用！目前，我家给我准备的学费，藏在我娘的床底下，我得想办法把它弄到手，反正书也没法念了……这样吧！下星期二，我们还在这儿见面，那时候，我无论如何都会完成初步的安排！你也无论如何都要出来跟我见面！"

靖萱用力地点了点头，紧紧地握住了秋阳的手，两个人深深地对视着，都在对方眼底，看到了那份破釜沉舟的决心，和坚定不移的挚爱。然后，两人再紧紧地拥抱了一下，就各自回家，去为他们的未来而努力去了。

秋阳奔走了三天，终于把自己的路线定出来了。他决定去上海，因为上海是全中国最大的都市了，他和靖萱两个，流进上海的人潮里，一定像大海中的两粒细沙，是无法追寻的。目标一定，这才发现，无论山路水路公路铁路，这路费都是一笔大数字。没办法！只好去偷学费了。

秋阳的运气实在不好，这卓老妈整天待在家里，大门不出，二门不迈，秋阳根本没有机会去偷那藏在床下的钱。再过了两天，他急了，半夜溜进了卓老爹和卓老妈的房间。谁知，他实在不是一个当偷儿的料，那些现大洋又被卓老妈放在一个饼干罐里，动一动就发出"钦钦哐哐"的声音，结果，秋阳这个偷儿，竟被当场逮个正着。

别说整个卓家有多么震动，多么愤怒了。卓老爹揪着秋阳的耳朵，惊天动地般地吼着：

"你疯了？你偷钱？这个钱本来就是你的，你还去偷它干什么？你染上什么坏习惯了，是不是？赌钱？抽大烟？还是什么？你给我老实地说！"

秋贵更是激动得一塌糊涂。

"咱们一大家子做苦工，省吃俭用积这么一点钱给你念书，你现在要把它偷走！你简直不是人！"

"要钱用你就说嘛，"卓老妈伤心透了，"干吗用偷的呢？你要多少钱？你要做什么用？告诉我，我给你……我就不相信你会是去做坏事……"这样，一家人包围着他，又哭又骂又说又叫的，弄得他完全没办法了，竟在走投无路中，把和靖萱的恋爱给招出来了。不但把恋爱给招出来了，把决定私奔的事也招出来了。

这一招出来，全家都傻住了。

卓老爹跌坐在地上，用手抱着头，只觉得天旋地转。卓老妈立刻就放声大哭，呼天抢地地喊天喊地喊秋桐。秋贵干脆去找了一根扁担来，对着秋阳就一阵乱打，嘴里嚷着：

"我打死你！你这么不长进，不成才！全白沙镇只有一个女孩子你不能碰，不能惹，你就要去碰去惹，你得了失心疯……还要跟人家逃走，你不要爹也不要娘了！念的书全念到狗肚子里去了！你气死我了！这些年白栽培了你，白白让全家流血流汗……"秋阳一面躲着秋贵手里的扁担，一面狼狈地大喊着：

"我没有不要你们，私奔逃走是逼不得已啊！我们逃到安全的地方，成了亲以后，我会拼命地工作，拼命地挣钱，然后回来接你们……我发誓，我一定一定会来接你们，我也一定一定会扬眉吐气的……"

"吐气个鬼！"秋贵一扁担打在他背上，又一巴掌挥到他面颊上，"你带着人家大闺女去私奔，人家追究起来，咱们还有活路没有？到现在为止，咱们还在吃曾家的饭，你搞清楚了没有？你把家里这一点点钱也偷走了，你预备让咱们全家喝西北风啊……"卓老爹终于从地上爬起来了。指着秋阳，沉痛至极地说：

"好了！你今天说的话，我就当没有听过！你说他们月底就要订婚，是吧？那好，你就给我乖乖地待在家里，一步也不准出去！直到他们订了婚！然后你给我彻底死了这条心，回北京念书去！""我没有办法！"秋阳喊着，"我今天说什么，都没有办法让你们了解，失去靖萱，我就等于失去了一切！到那时候，你们才会知道什么叫'失心疯'！我必须救靖萱，救我，也是救我们一家子！我今天打开了一个新局面，你们以后再也不用依靠曾家来生活……钱给我！你们不会后悔的……"说着，他伸手就去抢那个饼干罐。"你抢钱？你居然动手抢钱？"卓老爹这下子怒发如狂了，他跳了起来，一手抢过秋贵手里的扁担，就对着秋阳没头没脑地打了下去。秋贵打的时候，还手下留情，卓老爹这一打，硬是下了狠手，一扁担又一扁担，打得秋阳痛彻心扉，没有几下子，就已经遍体鳞伤，头破血流了。卓老妈又是心痛，又是绝望，不住口地哭喊着："不要打了！不要打了，打死了，咱们又少一个儿子了！哇！我怎么这样命苦，到底哪一辈子欠了他们曾家的，一个女儿赔进去还不够，还要赔一个儿子吗？老天啊！老天啊……"结果，秋阳被打得伤痕累累，动弹不得。卓老妈搬了张椅子，坐在秋阳的床前守着，不让他出门。等到靖萱再到"老地方"去等秋阳的时候，秋阳根本就没有出现。

秋阳是不可能失约的，靖萱等来等去等不到人，心里就充满了不祥的感觉。越等越心慌，越等越害怕，越等越焦急，也越等越沉不住气。最后，她什么都不顾了，她直接去了卓家。当卓家的人看到靖萱居然找上门来，真是又惊又气。"你还来找他！"秋贵咆哮着，"你是金枝玉叶的大小姐呀！怎么不爱护自己的名誉呢？你走你走，你赶快走！"

秋阳看到靖萱来了，悲喜交集，从房间里冲了出来，急迫而负疚地喊："靖萱，我失败了，我泄露了所有的事！"

靖萱看着鼻青脸肿的秋阳，心都碎了。

“你怎么弄成这个样子？”她问。

“你自己看吧！”卓老妈凄厉地喊着，“他爹和他哥哥，已经快把他打死了，你还不放手吗？你为什么要纠缠他，为什么不给咱们家平安日子过呢？”卓老妈一面说着，一面就“扑通”一声，对着靖萱跪了下去，没命地磕起头来，“靖萱大小姐，请你高抬贵手，饶了咱们吧！咱们是穷人家，苦哈哈，配不上你，一个秋桐已经为了你们曾家的人送了命，你行行好，积点阴德，别再来害咱们家的秋阳了！我在这儿给你磕头了！”

靖萱用手捂着嘴，眼泪稀里哗啦地往下掉。她弯下身子，想去搀扶卓老妈，卓老爹一个箭步上前，拉着她的胳臂就往屋外拖，嘴里悲愤地嚷着：

“你们家不是出牌坊的吗？怎么会有你这样的小姐呢？你不要做人，我们还要做人！你快走吧！不要让我骂出更难听的话来！”秋阳追向门口，秋贵拿起扁担又要打：

“我打死你这个混蛋！打断你的狗腿，看你还要不要跟着人家跑？”秋阳仍然追在靖萱后面，秋贵气极，一扁担就对着秋阳的腿用力抽了过去，秋阳吃痛，整个人摔倒在地。

靖萱投降了，转身就往外跑，一面跑，一面哭，秋阳挣扎着爬起来，扯着喉咙在后面狂叫：

“靖萱！我的心永远不变！你等着我，我一定会想出办法来的！你不要灰心！我宁可死，也不会放弃你……”

靖萱听着这样的话，真是肝肠寸断，她捂着嘴，一路哭着，一路奔着，就这样哭回了家里。

靖萱奔回到家里的时候，全家正乱成一团。原来绿珠丫头在牌坊下等靖萱，左等右等都没有见人，眼看天都黑了，不能再等了，就跑到田老师家里去找靖萱，这一找，才知道靖萱今天根本就没有去上课。绿珠这一惊非同小可，连忙回家来找。结果，全家都知道靖萱没有学画，人却失踪了。奶奶的第一个直觉，是被人绑架了，一迭连声地要派人出去找，要报警。绿珠不曾跟牢靖萱，被骂得狗血淋头。正乱着，靖萱哭着奔回家来了。全家都冲到大厅去，看到靖萱这个样子，大家更是心惊胆战，以为她被欺负了。只有梦寒，暗暗地抽了一口冷气，知道什么都瞒不住了。奶奶、文秀、牧白，全围着靖萱，七嘴八舌地在问她发生了什么。她哭着对众人跪了下去，一手抓着奶奶的衣襟，一手抓着文秀的衣襟，她悲恸欲绝地说：

　　"奶奶！娘！爹！你们救救我！我不要嫁给顾家！我心里已经有了人，这许许多多年以来，我和秋阳，青梅竹马，如今已到了非卿不娶、非君不嫁的地步……我心里再也容不下别的人了！"靖萱这几句话，如同对全家丢下了一个炸弹，炸得每个人都脸色惨变。奶奶拄着拐杖，颤巍巍地问：

　　"你在说些什么？你再给我说一遍！"

　　"奶奶！"靖萱已经完全豁出去了，"我知道你们对卓家成见已深，可是我只有跟秋阳在一起，才有幸福可言，如果失去他，我宁愿死掉！除了他，我什么人都不嫁！当初不肯和雨杭成亲，就为了秋阳，连雨杭我都不肯了，我怎么肯去嫁给顾正峰呢？奶奶！请你成全我们吧！我们已经走投无路了！"

文秀一下子就跌坐在椅子里了，嘴里喃喃地自语：

"我不相信这种事！我绝对不能相信……"

牧白的眼睛睁得好大好大，脸色白得像纸。心脏一直往下沉，沉进了一个无底的深渊里。这曾家的风水一定出了问题，怎么先有雨杭和梦寒，现在又有秋阳和靖萱？

"靖萱！"奶奶厉声一喊，高高地昂着头，理智和威严迅速地回复到她的身上，压住了她的震惊，"你给我住口！这些个不知羞耻的话，是应该从一个名门闺秀的嘴里说出来的吗？""奶奶！"靖萱悲切地喊着，"我不是什么名门闺秀，我只是个六神无主、痛不欲生的女子啊……"

靖萱话还没说完，奶奶举起拐杖，一拐杖打在靖萱的背上，靖萱痛叫一声，跌落于地，奶奶尖锐地，愤怒地大喊：

"来人哪！给我把她关进祠堂里去！让她在里面跪着，跪到脑筋清醒为止！牧白，你给我带人去抓卓秋阳，这批忘恩负义的东西，我们对他们太忍让了，一再迁就，竟然养虎为患！你快去！""不要！奶奶！不要……不要……"靖萱哭着喊，却被应命而来的张嫂、俞妈，给拖进祠堂里，关了起来。

结果，靖萱的事，演变成了卓家和曾家的彻底决裂。奶奶把秋桐的牌位给扔了出去。把卓老爹和秋贵的工作全取消了，把秋阳叫来怒骂了一顿。因为"家丑不可外扬"，才在牧白的力劝之下，没把秋阳给送去坐牢。至于靖萱，关在祠堂里三日三夜，等到从祠堂里放出来以后，她就开始绝食了。奄奄一息地躺在床上，她粒米不进，完全失去求生的意志，

梦寒守在她的床边，怎么劝都没有用。奶奶铁青着脸，声色
俱厉地说："我宁可有个死掉的孙女儿，不要一个不贞不洁的
孙女儿！"

第十二章

就在靖萱绝食，曾家人仰马翻，乱成一团的时候，雨杭回来了。当雨杭发现家里发生了这样的大事，实在是太意外，太震动了。牧白现在已顾不得去操心雨杭和梦寒的事，一心一意急着要救靖萱，因为靖萱已经整整五天粒米不进了。文秀守在靖萱床前，哭得两只眼睛像核桃一般。她不停地对靖萱哭着哀求："孩子啊，请你不要这样残忍吧！你不过是失去了秋阳，可你还有我们这么多家人在疼你爱你呀！为什么如此看不开呢？你今天什么都不顾了，你也要想想你苦命的娘啊……我已经失去了靖亚，失去了靖南，现在你是我仅有的一个女儿了！你忍心让我再失去你吗？"

这些话对靖萱毫无意义，她已经下定决心，不要活了。

除了奶奶以外，家里的人，是轮番上阵地苦劝，靖萱闭着眼睛，一概不闻不问。床前堆满了各种汤汤水水，只要送到靖萱面前，她就伸手一挥，打落于地。连靖萱最疼爱的小书晴，都捧着一杯牛奶来哀求：

"靖萱姑姑，你喝一口嘛，好不好？你喝了我就唱歌给你听，好不好？"没有用，什么招数都没有用，靖萱一心求死。

雨杭大略地了解了一些状况后，就被当成救星般给送进了靖萱的卧室。梦寒、文秀、慈妈、张嫂、绿珠都在房里，雨杭只和梦寒匆匆地交换了一个眼神，什么话都没说。雨杭立刻弯下身子去诊视靖萱。当他看到那个已经因脱水而变得好瘦好小好憔悴的靖萱，心中不禁一怒，真想杀死奶奶！他拨开靖萱的眼皮，看了看她的瞳孔，再拍了拍靖萱的面颊，喊着说："靖萱！睁开眼睛来看看，是谁来了？是雨杭大哥啊！"

靖萱真的睁开眼睛来了，她用极度哀苦的眼神，求助地看了雨杭一眼，就又把眼睛闭上了。雨杭俯身对她说：

"你听着！你严重缺水，营养不良，这样下去，你会干枯而死，饿死是很难看的。我既然赶回来了，我就不会允许你饿死！所以，我要给你打针了！"

靖萱把头往床里面一转，表示愤怒和不接受。

雨杭不管她的反应，立刻叫人烧水消毒针筒和工具，然后，他示意床边的人全部让开，只对梦寒说：

"你压住她的手腕，我要给她做静脉注射！"

梦寒去压靖萱的手腕，靖萱开始强烈地挣扎，嘴里沙哑地低吼着："不要不要！请你们让我死！请你们让我死……"

雨杭拿着注射器，俯身在靖萱耳边飞快地说：

"活下去！听我的！"他声音里的那份"力量"，使靖萱又睁开眼睛，雨杭盯着她的眼睛，满怀深意地说，"留得青山在，不怕没柴烧！"靖萱的眼光，死死地看着雨杭，然后，有两滴泪，沿着眼角滚落，她不再挣扎，让梦寒压着她，让雨杭为她注射。众人见到注射完成，都不禁大大地松了口气。雨杭注射完毕，转头去看梦寒，他的眼里，闪耀着炽热的火花，诉说着千言万语，使她的心脏猛地跳到了喉咙口，她自己都可以感觉到，血液已经离开了她的面颊。她相信，她的脸色一定苍白极了。雨杭站起身来，转身对文秀说：

"干娘，你快去厨房，让他们给靖萱煮一些清淡的汤来，这些鸡鸭鱼肉全都不适合，太油腻了。她的肠胃空了太久，不能接受油腻，最好是煮一点鲫鱼汤，再蒸一碗蛋来！"

"是！"文秀含着泪应着，看了床上的靖萱一眼。

"干娘，你尽管去做，"雨杭对文秀点了点头，"我会好好地开导她！"他故意提高了声音，"如果她还是不吃，有我在这儿，我会不停地给她打针，决不会让她饿死的！与其打针，还不如吃东西来得好！"靖萱心领神会，故意转头向床里面，噘着嘴不说话。文秀看她的意思已经活络了，心中一喜，飞快地奔出去弄吃的了。雨杭搬了张椅子，坐在靖萱的床前，开始长篇大论地向她说"道理"，他足足地说了半个多小时，当文秀捧着热腾腾的鱼汤来的时候，靖萱显然已经被说服了。也不知道她是真的饿了，还是这种痛苦已经挨不下去了，总之，她喝了那碗汤，使文秀和牧白，都高兴得落下了眼泪。奶奶得到消息后什么话都没说，只是带着香烛，去佛堂里烧香，烧完了，又带着香烛，去祠堂里烧香。

这天晚上，梦寒回到自己房里没有多久，就有人在外面敲门。慈妈走去开门，一见到门外站着的是雨杭，她就忙着要关门。"雨杭少爷，你别进来，有什么话明天当着大家的面说，现在已经晚了，你不要害咱们小姐了……"

雨杭的一只脚已伸了进来，顶着那扇门，他向里面张望，急急地说："梦寒！让我进来！你放心，全家都在靖萱房里，奶奶去了祠堂，正在烧香呢！我们的时间不多，你一定得让我进来，因为我有很重要的话要说！"

梦寒正犹豫着，慈妈太害怕了，干脆把雨杭拉进房里，说：

"别嚷嚷了，你们长话短说，快快地说，我来把风吧！"

慈妈立刻跨出门去，把房门紧紧地阖上了。

雨杭和梦寒两个面面相对了，深深地凝视着对方，带着灵魂深处的渴求与思慕。半晌，雨杭哑声说：

"梦寒，你瘦了！"她瞅着他："你也是！"短短的两句对话，道尽了两人的相思。四目纠缠，真情迸放，雨杭一张开手臂，梦寒就忘形地投进他的怀里。雨杭紧紧地搂着她，低低地喊着：

"梦寒，好想你，好想你，想得不知道要把自己怎么办才好！"

她的泪立刻夺眶而出。但是，她的理智也同时涌现。她奋力地推开了他，挣扎地，痛苦地说：

"你瞧，你一回来，我所有的努力又都功亏一篑了！"

"谢谢你的功亏一篑，让我这么感动，这么感激！"他说，从怀里掏出了两张票来，"你瞧，这就是我们的未来！我什么都安排好了！""这是什么？""两张船票！""船票？"梦寒的眼睛睁得大大的。

"七月二十五日，从上海出发，一路开到英国利物浦港口，放心，我没忘了书晴，小孩子不用船票，所以只准备了两张！至于慈妈，我也想好了，假如她愿意跟我们一起走，我马上打电报给江神父，再去买一张票，假若她不愿意出国，咱们就给她一笔钱，让她告老还乡，这事你得跟她马上做个决定！"

梦寒头都晕了，扶着桌子坐了下来，呼吸都急促了。

"梦寒，我时间不多，只能长话短说，江神父知道了我们所有的故事，他觉得不可思议，他说，欧美各国，早就有了妇女运动，根本不会像中国这样，用道德的枷锁来锁住一个女人！而且，也没听说过寡妇就不能再婚的！所以，你和我的恋爱，是正常的，并没有犯罪，更没有过失，你不要再自责而畏缩不前！我马上就会去安排交通工具，大约七月十五日出发，先到杭州，江神父会为咱们主持一个婚礼，然后，连夜送我们去上海，当曾家发现我们跑了，一定会追到杭州去，可是，我们已经去了上海，江神父不说，他们怎么也找不到我们。然后，我们就上船了！到了英国，是一片新天地，再也没有七道牌坊来压我们了！我们在那儿从头开始，建立我们的家园！"他说得又兴奋又激动，她听得又神往又心酸。

"可是，这个家里，正在多事之秋，我们怎能丢下家里的爹娘……还有靖萱，如果没有我们两个来支援靖萱，她一定活不成的！""靖萱的事你不要操心，我一定会解决！"

"怎么解决？""我明天要和干爹摊牌，问他到底是要一个死掉的女儿，还是要一对活着的金童玉女，我看不出来有任何的理由，要拆散靖萱和秋阳！""你怎么这么天真？你还看不出来吗？爹这一生，都被奶奶卡得死死的！他做不了主！不管他心里多么柔软，他注定就是个悲剧人物，因为什么都得听奶奶的！而奶奶，她已经亲口说了，她宁愿要一个死掉的孙女儿，不要一个不贞不洁的孙女儿！""窈窕淑女，君子好逑！这是诗经里都有的话，怎么算是不贞不洁呢？""你要去对奶奶讲道理吗？"

"不管怎样，先讲讲看，讲不通再来想办法！"

"想什么办法？"梦寒盯着他，两眼亮晶晶的，呼吸非常急促，她一把握住了那两张船票，激动地对雨杭说，"雨杭，你是上天派来救他们的人！这两张船票，你就给了他们吧！一切都按照你的安排，只是，走的人不是你我，而是靖萱和秋阳！"

雨杭大吃一惊，身子往后猛然一退，退得那么猛，以至于撞在一张小几上。他睁大眼睛看着她，完全不能相信地说：

"你要我把这两张船票给他们，那么，你和我呢？"

"我不能走，因为我离不开书晴……"

"我不是说得很清楚了吗？我们带书晴一起走！我早就知道你离不开她了！我并没有要拆散你们母女呀！"

"我不能带走书晴，"梦寒悲哀地说，"书晴是曾家最后的一条根了，我不能那么残忍，那么自私！如果靖萱和秋阳的事没有发生，说不定我会听从你的安排，因为曾家好歹还有靖萱！但是，现在，靖萱的个性如此倔强，我看，她只有两条路可走，一条是和秋阳逃跑，一条就是死路了！如果靖萱走了，我和你再带走书晴，曾家就只剩下三个老人了！你要让这三个老人如何活下去呢？雨杭，我爱你，因为你是个如此热情，如此善良，如此有深度、有涵养的人，假若你今天只要我跟你走，把曾家一门老幼，全都置之不顾，我会轻视你的！在我的人生里，除了爱情，还有道义和责任！我真的没有办法！"他瞪着她，呼吸也急促了起来。

"梦寒，"他沙哑地说，"你要我救靖萱，你却要我去死吗？"

"不！"她眼中充泪了，"你不会死，你是个好坚强的男子汉！""不要再拿这些冠冕堂皇的句子往我头上乱扣了！"他生起气来，"我没涵养，没深度，不伟大，不是什么坚强的男子汉，我只是个被你折磨得心力交瘁的病人，我脆弱，我受不了，我禁不起这样的折腾了……如果你不跟我走，我不知道自己会做出什么疯狂的事情来！"

"我……我……如果我跟你走了，靖萱怎么办？"梦寒颤抖地说，"她今天肯吃东西，是因为那么信任你呀！"

雨杭沉思了几秒钟，忽然眼睛一亮。

"算了！豁出去了！我打电报给江神父，再买三张票，靖萱、秋阳、慈妈、书晴统统都去！"

"你说七月十五日就要走，今天已经七月初八了！一共只剩下六天了！"梦寒心乱如麻，烦躁地看着雨杭。

"你到底要我怎么办？梦寒，你不能这样待我，我要你的心是如此强烈……你不可以对全世界都仁慈，独独对我残忍……"雨杭的话没有说完，慈妈再也忍不住，推开门进来了：

"你们两个不能再说了，祠堂的灯火已经灭了，只怕奶奶随时会来……雨杭少爷，你快走吧！"

她急得奔过来，不由分说地就把雨杭往门外推去。

"好了，梦寒，"雨杭回头，带着满脸憔悴的热情说，"我不逼你，还有几天，你好好地想个清楚！我懂了，不解决靖萱的问题，你是没办法想清楚的！我先去解决靖萱的问题再说吧！或者，老天比你仁慈，可怜我这样疲于奔命的奔波，会给我一条生路的！"说完，他仓促地走了。

第二天，大家都聚在餐厅吃早餐，雨杭就选在这个全家在场的时机里，提出了他的看法："奶奶、干爹、干娘，你们必须听我几句话，靖萱的身体已经受到很大的伤害，如果不好好调养，她会弄出大病来的！我想，大家就是观念不同，看法不同，每个人都还是爱靖萱的，并没有人希望她有任何不幸！那么，为什么不成全她和秋阳呢？他们男未婚，女未嫁，彼此情投意合，不是一段人间佳话吗？为什么一定要拆散他们，弄得这样天崩地裂，愁云惨雾的呢？"全家都被他这番话惊呆了，奶奶尤其震动，勃然变色。

"你这说的是什么话？曾家的女孩子，在外面和男人鬼混，私订终身，是我们家的奇耻大辱，我恨不得把那卓家一家子人全都赶出白沙镇，永远不要见到他们，我这样恨之入骨，你居然还要我成全他们！"奶奶气得发抖。

"奶奶，退一步想，那秋阳年轻有为，一表人才，又是北大的高才生，并不辱没靖萱啊！至于私订终身，更不是罪不可赦，自古以来，私订终身而终成眷属的例子实在太多太多了！婚姻自主，已经是欧美行之多年的事，只有咱们中国还这样僵化……"奶奶的筷子"啪"地往桌上一拍。

"你的大道理我不想听！原来你是用这种方式说服靖萱吃东西的！我就说呢，怎么什么人劝都没用，你三两句话她就屈服了！原来如此！我告诉你们，这事门都没有！我决不允许靖萱嫁给卓秋阳，除非，你们让我这个老奶奶先咽了气！我死了，你们要怎么胡作非为，反正我看不见了！"她抬起头来，眼光锐利地紧盯着雨杭，声音冷峻如寒冰，"你不要以为在我家待久了，就可以为曾家做主！我看你浑身上下，就没有一点儿曾家的影子，你非但完全不顾曾家的门风和清誉，你还要处心积虑地去破坏它！你真让我痛心，让我失望呀！"

牧白见奶奶如此生气，急忙插进来阻止雨杭：

"好了好了，你就别说了！靖萱的婚事，奶奶已经做了决定，你就不要再节外生枝了！"

"可是，问题并没有解决呀！"雨杭激动地说，"靖萱心里，爱的是秋阳呀！这样勉强靖萱嫁给顾正峰，就算她屈服了，以后的漫漫长日，你们要她怎么过呢？"

"能过就过，不能过也要过，冰清玉洁的女子，就该有一颗冰清玉洁的心，和冰清玉洁的灵魂！中国多少的女人，就在这种洁身自爱的操守下过去了！相夫教子，勤奋持家，是一个女人的本分！谈情说爱，那是下贱女人的行为！咱们曾家的骄傲，难道要在这一代彻底毁灭吗？你们这些孩子，到底心中还有没有是非善恶的观念？怎可以用'婚姻自由'几个字，就把行为不检、放浪形骸都视为理所当然呢？"奶奶说完，掉头就走了。雨杭气得脸色都发青了，他看了梦寒一眼，梦寒慌忙把眼光转开，脸色也苍白得厉害，奶奶的一番话，已经棒打了好几个人。雨杭又用了三天的时间，去向牧白和文秀做功课，文秀的心早就软了，但是，她丝毫都做不了主。牧白痛苦得简直要死掉，又担心靖萱，又担心雨杭和梦寒，他根本六神无主，惶惶不可终日。对雨杭的话，他只是爱莫能助地听着，一筹莫展。雨杭也去了卓家，看到被相思煎熬得不成人形的秋阳，就如同看到了自己。至于卓家一家子的悲愤，更让人心中充满了酸楚和无奈。距离预定的出发日期，只剩下三天了，雨杭心急如焚，知道自己再也没有时间来耽误了。他只好先做了再说，一方面打电报给江神父，托他再多买三张船票，另一方面就是准备逃亡时的车子。车子很简单，他放弃了熟悉的水路，改走公路，因为曾家在水路上太多眼线了。他雇了一辆大货车，足以装下他们全体的人和简单的行囊。至于行期，他把它延后到二十日出发，以免没有足够的时间来说服梦寒。最后，万事俱备，只剩下两件事毫无把握，一件是不知道江神父能不能顺利地买到三张船票，另一件是不知道梦寒肯不肯走。

　　这天晚上，梦寒和平常一样，在靖萱房里照料靖萱。靖萱的精神和体力都已恢复得差不多了，每日只是用焦灼的眼神，询问地看着雨杭。雨杭见到靖萱房中就剩下慈妈和绿珠在侍候，立刻给了靖萱一个暗示，靖萱马上叫绿珠去休息了。慈妈也立刻机警地说：

"我还是去门外把风，我知道你们要商量大计！你们把握时间，有话快说！"她看了雨杭一眼，"我反正跟定咱们家小姐了，她怎么决定，我就怎么做！"说完，她就出房守卫去了。

房里只有梦寒、靖萱，和雨杭了。雨杭走到桌子前面坐下，靖萱和梦寒都紧张地坐在他的对面。雨杭看着靖萱，低沉地说："靖萱，我无法说服奶奶接受秋阳，这个家庭，已经到了有理说不清的地步，所以，你只有一条路可走，离开这个家，和秋阳去另打天下！"靖萱激动地点点头，眼光热烈地看着雨杭。"车子我已经安排好了，路线我也安排好了，我们先到杭州，让江神父为我们主持婚礼，然后，我们直奔上海，坐船去英国。我们最晚的出发日期，是二十日，再晚，就赶不上船期了！""我们？"靖萱迷糊地问，"你陪我们一起去吗？"

"不只我去，还有梦寒、慈妈，和书晴！"雨杭坚定地说道，眼光落在梦寒脸上。梦寒脸色苍白，眼神阴郁，整个人神思恍惚，失魂落魄。靖萱看看雨杭，再看看梦寒，回头又看看雨杭，又看看梦寒……雨杭的眼光，只是直勾勾地停在梦寒脸上，头也不回地说："靖萱，你想得没错！这个家庭里，并不是只有你在恋爱，我请求梦寒跟我走，已经请求过许多许多次了！直到目前为止，我还没有说动她，所以，你要帮我！要走，咱们就一起走！"靖萱的呼吸急促，这个大发现使她那么激动，脸孔上竟浮现了红晕。她的眼睛闪闪发光，兴奋地看着梦寒和雨杭，恍然大悟地低喊："我真笨呀！居然到现在才明白了！雨杭，怪不得你不要我！""我才笨呀！"雨杭说，"怪不得你不要我！"

靖萱扑了过去，一把就抓住了梦寒的手，热切地说：

"你为什么还要犹豫呢？有雨杭大哥这么好的男人相爱相伴，你不走还要怎样？真要在这曾家大院里活埋一辈子吗？走吧走吧！跟我们一起走！我不管是到英国还是美国，想到可以和自己相爱的人相守，我就恨不得插翅飞去了！你想想看，假如咱们一块儿走了，有你，有雨杭，有书晴，有慈妈，有秋阳，咱们可以组成一个多么亲密和快乐的家庭啊！咱们不会孤独，不会寂寞……在那个陌生的地方，不会有人指指点点，说那一个大小姐跟家里长工的儿子私奔了，说那个大伯和弟妇畸恋了，没人知道贞节牌坊是什么东西，咱们可以自由自在地活着，大大方方地爱着咱们所爱的人，你知道那是怎样的一种滋味吗？我不知道，可我多么多么地向往啊，难道你不向往吗？你不渴望去过一过那样的日子？"

靖萱这样热烈的一大篇话，字字句句，说进梦寒的心坎里。她不自觉地面泛潮红，呼吸也急促了起来，那种向往跟渴盼，燃烧在她整个的脸庞上。雨杭重重地吸了口气，也扑了过来，用掏自肺腑的声音，恳求地说：

"听着，你不是什么罪人，你只是个需要爱，也有权利被爱的女人！给我机会来爱你吧！我保证你不会后悔！你就自私一次，让我们为自己而活吧！我会用我整个的生命，来怜惜你，呵护你，照顾你！"

梦寒看看靖萱，靖萱含着眼泪，对她拼命点头。她再看看雨杭，雨杭用双手紧紧地握住她的双手，握得她的骨头都痛了，心都痛了，他的眼睛，渴求地盯着她，满溢着澎湃的热情。她投降了，猛地深呼吸了一下，她颤抖地，喘息着低喊出声："我投降了！我被你弄得筋疲力尽，再也无法抗拒这样的诱惑了！天涯海角，咱们一起去！"

雨杭握紧她的手，不由自主地将眼睛紧紧一闭，两滴泪，竟夺眶而出，滴在她的手背上，烫痛了她的五脏六腑。

第十三章

接下来的几天，曾家非常平静。

靖萱不再闹脾气了，安静得出奇。当奶奶再向她提到顾家的时候，她也不反对了，只是要求把订婚的时间延后，让她的"伤口"有足够的时间来愈合。奶奶对于她使用"伤口"两个字，颇不以为然，但见她已经屈服了，也就不再逼她了。连日的操心和忧虑，使她精神大大不济，这晚，又受了点凉，就感冒咳嗽起来。雨杭热心地为她开了药，她就卧床休息了。奶奶病恹恹的，牧白和文秀也好不到哪里去。总算靖萱想通了，两老心情一松，这才觉得筋疲力尽。于是，也蜷伏在家里"养伤"，对小一辈的行动，实在没有精力来过问了。

于是，雨杭和秋阳安排好了所有的行程。两人几度密谈，把所有可能发生的状况全都想好了，各种应变的方法也都想好了。最后，秋阳开始为家人担忧起来，这样一走，对曾家来说，大概是一场惊天动地的大灾难吧！面对这样的灾难，他们怎会放过卓家的人呢？现在，卓老爹和秋贵就已失业在家，以后还要面对儿子私逃，和曾家必然大举而来的兴师问罪，卓家两老，怎能应付呢？曾家在狂怒之余，会不会对卓家的人进行报复呢？雨杭承认，秋阳的顾虑确实有理。两人思之再三，竟做了一个最大胆的决定。在动身前两小时，把卓家三口全骗上车去，只说雨杭需要他们帮忙做点事。等到了杭州，再给卓老爹和秋贵找工作。有江神父在那儿，要找卖劳力的工作实在不难。结果，这次的"私奔"，到了最后，竟演变成了一次大规模的"集体逃亡"。当梦寒知道整个计划一变再变，居然变成这样的结果时，心里真是不安极了。她私下问靖萱：

"我们这样做对吗？不会太残忍、太无情吗？将来不会良心不安，后悔莫及吗？我们全跑了，留下三个老人，会给他们多大的打击呀！现在奶奶已经卧病，看起来那么衰弱，爹娘又都是老好人，怎么接受这个事实呢？"

靖萱紧张地握住她的手，激动地说：

"此时此刻，你是不能再反悔了！一切都已箭在弦上，不能不发了！咱们并不是铁石心肠，要毁这个家，而是无法在这个家里自由自在地生活，我们是逼不得已呀！如果我们不残忍，就是他们残忍！没办法了！我跟你说，我们并不是抛弃他们三位老人家，而是要证明一些事情给他们看！等他们发现我们两对，确实幸福美好的时候，他们就不会再反对我们了，到那时候，咱们还谁会想待在英国呢？只要他们肯接受我们的那一天，我们立刻回家，再来弥补今天带给他们的伤害！"梦寒看着靖萱，不能不佩服地说：

"靖萱，你比我勇敢，比我坚强！但愿我能有你的信心就好了！""明晚就要动身了，你可不能再举棋不定，你会让雨杭大哥发疯的！"靖萱着急地说，"如果你不走，我也不走，待在这个家庭里，你的结果我还不能预卜，我自己，是只有死路一条了！""别急别急，"梦寒稳定了一下自己，"已经走到这一步，怎么还能临阵脱逃呢？你说得对！将来，我们还有的是机会来弥补他们三位老人家！我，不再犹豫了！"

七月二十日，深夜十二点整。

一辆大货车悄悄地驶到曾家大院的后门口，停在那儿静静地等候。卓家的人全等在车上，谁都不说话，气氛十分紧张。卓家二老和秋贵，在最后一刻，终于明白雨杭和秋阳在做什么了。心里又是害怕又是震惊，但，想起这些年来，和曾家的恩恩怨怨，以及目前的走投无路，他们也就茫然地接受了这种安排。因为他们早已方寸大乱了，不接受也不知道能怎么办了。曾家大院里，楼影重重，树影憧憧，花影迷迷，人影绰约……是个月黑风高的夜。四周寂寂，除了夜风穿过树梢，发出簌簌瑟瑟的声响以外，什么声音都没有。白沙镇的人习惯早睡，家家户户，都早已熄了灯火。

暗夜里，慈妈背上背着熟睡的书晴，梦寒拿着小包袱，牵着靖萱的手，在雨杭的扶持下，一行人轻悄而迅速地移向了后门口。梦寒手颤脚颤，四肢发软，心脏跳得自己都可以听到。靖萱的手心全是冷汗，脚步颠颠。慈妈更是慌慌张张，不住地回头张望。只有雨杭比较冷静，却被三个紧张的女人，也弄得神魂不定。曾家的后花园实在很大，似乎永远走不完。才穿过一道月洞门，树上"唰"的一声，蹿出一只猫儿来，把四个人全吓得惊跳起来。这一吓，书晴就突然醒了过来，眼睛一睁，但见树影花影，摇摇晃晃，她害怕起来，"哇"的一声，就哭了起来："娘！娘！"她一面哭，一面叫着，"好黑！书晴怕黑！娘！娘……"四个人全都惊慌失措，手忙脚乱。

"怎么醒过来了？"慈妈急忙把她抱到身前，哄着，"书晴不哭！书晴不怕！慈妈和娘都在这儿！"

书晴这样一哭，梦寒的心"咚"的一下，就直往地底沉去，心里飞快地闪过一个念头："天意如此！老天不要我走，因为这是件大错特错的事！"

梦寒急忙把自己手里的包袱往靖萱怀里一塞，用力把靖萱推向后门口。"快走！"她低呼着，"走掉一个是一个！"

雨杭紧紧地拉住了梦寒的手。

"什么走掉一个是一个，你不走，谁也走不掉！"

"哇！哇！哇！"书晴哭得更大声了，"娘！娘！奶奶！爷爷！太奶奶……奶娘……"她要起人来，"你们都在哪儿啊……""书晴别怕！娘在这儿！"梦寒扑过去抱住书晴。

这样一阵乱，已经惊动了曾家的更夫，只见好几个灯笼都点着了，远远地已有老尤的声音传来："老杨，有动静，怕是有贼……"

雨杭拉着梦寒，急忙往后门口奔去：

"咱们快跑！车子就等在后门口！孩子给我，我们冲过去！"他嘴里说着，就不由分说地抢过书晴，抱着书晴就向后门跑。

"不行不行！"梦寒死命拉着他，硬把书晴夺了下来，书晴被两人这样一阵抢夺，更是哇哇大哭。梦寒搂紧了书晴，挣开了雨杭的掌握，急促地说："命中注定，我走不了！雨杭，你快把握时间，把靖萱送走！再耽误下去，全体都会被抓住！你瞧，人都过来了，下人房的灯全都亮了……我和慈妈在这儿挡着大家，你们快走！"

"你省下说话和拖拖拉拉的时间，咱们已经奔到车上了！"雨杭生气地说，"最后关头，你还不快走！"

"来不及了！"慈妈低喊着，"老尤和老杨都来了！雨杭少爷，你快送靖萱小姐走吧！否则，全体都被逮个正着了！"

雨杭看看四面燃起的点点灯火，知道大势已去，恨得想把梦寒杀掉！重重地跺了跺脚，他拉起靖萱的手，就往后门口冲去，嘴里说："没办法了！只得走一个算一个了！"

"嫂嫂！"靖萱兀自回头惊喊，"那我也不走了，改天再大家一起走……""你别再耽误了！"雨杭恨恨地说，拖着她直奔而去，"再不走，所有的心血全都白费了！"他打开后门，和靖萱消失在夜色里。慈妈机警地奔过去，赶紧把开着的后门，迅速地关了起来，刚刚把门闩闩好，老尤和老杨已经提着灯笼，摇摇摆摆地走过来了。"啊？是少奶奶！"老尤惊愕地看着梦寒。

其他的下人也纷纷赶到，诧异地问着：

"什么事？什么事？发生什么了？"

"没事没事！"梦寒竭力维持着镇定，心脏"怦怦怦"地跳着，"书晴不知道怎么搞的，一直睡不着，大概房里太热了，闹得不得了，我就和慈妈带她出来透透气，谁知道一只黑不溜秋的猫蹿出来，就把书晴给吓哭了……惊动了大家，真是不好意思！""原来是这样啊，"老尤松了口气，"我还以为闹小偷呢！没事就好了！"他回头对家丁们说，"去吧去吧！没事没事！"

众家丁听了梦寒的解释，都不疑有他，就纷纷地散去了。老尤还殷勤地提着灯笼，把梦寒送回了房里。

房门一关上，梦寒就苍白着脸，急急地问慈妈：

"他们有没有怀疑什么？我露出破绽了吗？"

"今晚是搪塞过去了，只怕明天大家发现靖萱跑了，再来追究，咱们就不知道该怎么说了。"慈妈看着梦寒，不禁长长一叹，"真是人算不如天算……居然会没走成……我……我带书晴睡觉去！"书晴很快地就睡着了。梦寒在房间里走来走去，手脚依然发软，心里七上八下，不知道靖萱和秋阳，是不是平安起程了？会不会再碰到意外？不知道雨杭对自己的临阵脱逃有多么生气？不知道明天东窗事发以后，曾家会乱成什么样子？不知道奶奶会不会派大批的人去追捕靖萱……就在她坐立不安、神魂不定的时候，忽然门上有轻轻的叩门声，梦寒整个人都惊跳了起来，慈妈已一个箭步过去把门拉开，雨杭紧绷着脸跨了进来。慈妈一句话都没有问，就照老样子溜到门外去把风。"他们上车了吗？走了吗？"梦寒急迫地问，"没再发生意外吧！""走了！"雨杭简短地说，猛地就伸手一把抓住了梦寒，激动地，愤怒地低吼，"你为什么要这样子对我？你不是说天涯海角都跟我走吗？你不是说对我的爱是无怨无悔的吗？"

梦寒张口结舌，热泪盈眶，一句话也说不出来。

"如果你真的心口如一，你不会突然停下来，绝对不会！哪怕书晴的哭叫声可以惊天动地，你脚下也不会停，你会跑得更急，更拼命，为了挽救一个希望，一个咱们梦寐以求的希望啊！"梦寒在他这巨大的愤怒和绝望下，无路可退，无处可逃，只能被动地看着他，心里已然翻江倒海般地涌起了后悔。

"你停下来，你整个退缩了，即使我就在你身边，也无法让你勇敢，你究竟在怀疑什么？我对你不够真诚？爱你爱得不够深？到底还要我怎样做，怎样证明呢？把心肝都挖出来吗？"

梦寒受不了了，崩溃地扑进雨杭怀里，用尽自己浑身的力气，紧紧地拥着他，哭着低喊："不要不要，我知道我辜负了你，对不起你，让你又伤心又失望，你计划了好几个月，我在刹那间就全给破坏了！可是……我真的不是蓄意要这么做的，求求你不要误会我，不要这么生气！"

梦寒说得泣不成声，雨杭的心绞痛了起来，他一把紧拥着她，闭着眼睛不住地咽气，痛楚至极地说："我不只生气，我还恨得要命，我真恨我自己不够好，所以不能让你义无反顾，勇往直前！"

"不是的！不是的！"她凄苦地喊着，"是我自己太矛盾……我有太强烈的犯罪感，因为我和靖萱不同，他们两个，毕竟男未婚，女未嫁，我相信长辈们终有一天会原谅她！可我不是，我这样一走，是不守妇道，红杏出墙，不但辱没门风，还毁掉了你和这个家庭的情深义重，至于带走书晴，更是摧毁了长辈们最后的希望和慰藉……你瞧，我一想到我会给曾家留下这么多的惨痛，几乎是彻底的毁灭，你叫我怎么义无反顾，勇往直前呢？坦白说，今天我是铁了心，要跟你走的！我拼命压抑着自己，不让自己退缩，不让自己反悔，可是……当书晴突然醒来，放声大哭的时候，我的直觉竟是，天意如此！老天不让我走，因为那是错误的……所以我……临阵退缩了！"雨杭不再激动，整个人陷进一种绝望的情绪里。

"如果我再安排一次，你也会这样是不是？你也会临阵退缩，是不是？""我不知道，我真的不知道……"

"你怎么可以不知道？那你要我怎么办？我们要怎么办？就在曾家这重重的锁、重重的门、重重的牌坊下挣扎一辈子吗？"梦寒答不出来，泪水已爬了满脸。

慈妈不知何时，已悄悄进来了，这时忍不住插嘴说：

"我说……现在不是你们该怎么办的问题，该伤脑筋的，是明天要怎么办？当大伙儿发现靖萱跑了，咱们要怎么说？"

两个人抬起头来望着慈妈，被慈妈的一句话拉回到现实。

"你们的事，来日方长，可以慢慢地再来计划，但是，明天转眼即到，我心里直发慌，难道你们不慌吗？"

雨杭用力一甩头，长叹一声：

"我这么失望，这么痛心，我几乎已经没有力气，来想明天的事！总之，咬紧牙关，三缄其口，不管他们问什么，就说不知道！""可我……还是怕呀！"慈妈说，"咱们已经被老尤他们撞见，不知道老尤会怎么说？奶奶不起疑才怪！"

"你们对老尤怎么说的呢？"雨杭开始担心了。

"说是书晴睡不着，带她出去透透气，结果又被野猫给吓哭了！""就这么说，明天一早，要和书晴说好，如果奶奶问起来，她的说法要一致！反正咱们要矢口否认，一个字也不可以泄露！只要我们死不承认，奶奶他们即使怀疑，也无可奈何！熬过了二十五号那一天，他们就上了船，谁都没办法了！"

"对！也只能这样了！"慈妈点点头。

雨杭再看看两眼红肿、神情憔悴的梦寒，心中蓦然一抽，抽得好痛好痛。除了叹气，他实在不知道还能拿她怎么办，他就又叹了口长气，说："好了，咱们都该去睡一睡，才有精神应付明天！"

他转身走了，脚步和身影，都无比地沉重。

曾家直到第二天的中午，才发现靖萱失踪了。早上，因为奶奶没有起床吃早餐，牧白和文秀就贪睡，大家就在自己房里，各吃各的。所以，直到吃午餐时，绿珠才气急败坏地跑来说，整个早上都没见着靖萱，问其他的人看见了没有？奶奶一听，疑云顿起，跳起来就说：

"我去她房里看看去！"

于是，所有的人，都跟着奶奶去了靖萱房里。房里干干净净，整整齐齐，奶奶四面一看，心脏就往地底沉去。

"张嫂、俞妈、绿珠，你们给我打开她所有的柜子抽屉，看看有没有少什么东西？有没有留下信笺纸条什么的！"

下人们立刻动手，只一会儿工夫，绿珠已白着脸说：

"她的贴身衣物，少了好多，还有她的钗环首饰，也都不见了！"奶奶的拐杖，"咚"的一声，往地上重重地一跺。

"立刻给我到卓家去，把他们每一个人都给我抓来！雨杭，赶快组织一个搜寻队伍，他们跑不远的，不管他们去了哪儿，我非把他们捉回来不可！"

全家这一乱，真非同小可，当大家确定靖萱是跑掉了之后，文秀就不顾奶奶的暴怒，放声痛哭起来了。她不相信靖萱能这么狠心，不相信她不要爹娘，更不相信她会抛弃了这个家……哭着哭着，难免又想起死去的几个孩子，更是哭得惨烈。奶奶一滴眼泪也没掉，只是气得脸色发青。当牧白和雨杭回来说，卓家全家都不见了的时候，奶奶才崩溃地倒进了椅子里。这样强大的一记闷棍，打得曾家三个长辈完全失去了招架之力，平日精明能干的奶奶，此时躺在椅子里，不住地猛咳，本来就在感冒，似乎突然严重了好多倍。雨杭赶快帮她量体温，果然，发烧到三十九度。雨杭立刻给她开药，她"唰"的一声，把药瓶挥打到地上，药片滚得一地都是。奶奶高高地昂起头来，大睁着她布满血丝的眼睛，她一面喘着气，一面沙哑地吼着："给我去找！发动所有的工人、家丁、店员……能发动多少人，就发动多少人，发动不了，就去给我雇人，多少钱我都不在乎！他们这样男男女女，老老少少的，目标很大，不可能找不到！"奶奶的拐杖，重重地跺着地，发出急促的"笃笃"声响，"可恶极了！居然敢这样明目张胆地，全家出动来拐走靖萱，简直是丧心病狂！我不找回他们，誓不罢休！去！牧白、雨杭，别给我站在这儿发愣！去！去码头问所有的船，去每条公路打听，去给我翻遍安徽的每一寸土地，不把他们逮回来，我这个老太婆也不要活了！"

奶奶如此激烈，使梦寒胆战心惊，情不自禁地，她看了雨杭一眼，雨杭飞快地递给她一个安抚的眼神，就和牧白匆匆地出门去了。到了晚上，各路人马纷纷回来，所有的搜寻都是白费，一无所获。奶奶不可置信地说：

"怎么可能找不到？难道他们几个会飞天遁地不成？"

"奶奶！"雨杭强作镇定地说，"这白沙镇四通八达，水路有水路，旱路有旱路，最麻烦的是，还有山路！如果他们存心躲在人迹罕至的地方，上了哪座山的话，那就怎样都找不到的！咱们安徽山又特别多，不说别的，那著名的黄山，就不知道有多大！""上山？"奶奶一怔，"不会吧！那秋阳念了一肚子的书，跑到山里去干什么？他不是很有才气吗？不是想扬眉吐气给我看吗？他这种人，才不会把自己埋没在深山里！我不信！他们会去大地方，大城市……对了！马上派人去北京！一定在北京！那卓秋阳不是在北大念书吗？他一定处心积虑了好多年，今天的行动，大概早就有预谋了！明儿一早，就给我派人去北京！"雨杭暗暗地抽了口冷气，这曾家的老奶奶，实在不是等闲人物！幸好他们没去北京。

夜深了，怎样都无法再找了。大家筋疲力尽地回房休息，奶奶也吼不动了，叫不动了。吃了退烧药，昏昏沉沉地睡去了。第二天，又是一天疲于奔命的搜寻。牧白也派了几个得力的伙计，立刻动身去了北京。但是，大家都知道，找寻得到的希望十分渺茫。即使知道他们藏在北京，可北京那么大，哪儿去找这几个人？何况，时间一分一秒地过去，这两个人想必生米已煮成熟饭，就算找到了，又要把他们怎么办？牧白见雨杭找得十分不起劲，心里也明白他宁可找不到。不禁后悔当初没有听雨杭的，干脆让他们成了亲，不是免得今日的伤心和奔波吗？人的悲哀，就在于永远不能预知未来。他忽然就觉得自己老了十岁。看着雨杭的眼光，竟总是带着点哀求的意味；千万千万，不能再逃掉一对呀！他心里的沉沉重担，几乎压得他透不过气来了。

第二天晚上，老尤再也熬不住，去了奶奶的房间，禀告了靖萱失踪那晚的大事，梦寒和慈妈带着书晴都在花园里！

奶奶这一惊非同小可，思前想后，不禁暴怒如狂。她直接就冲进了梦寒的房里，拐杖一跺，厉声地问：

"你说！靖萱是不是你给放走的？啊？"

梦寒脸色大变，脱口惊呼着：

"没有！没有啊！我……我怎么会放走靖萱？这话从何说起？""慈妈！"奶奶大喊着，"你给我滚过来！"

慈妈面无人色，浑身簌簌发抖。

"说！"奶奶怒瞪着慈妈，"前天晚上，你和梦寒带着书晴在花园里做什么？掩护靖萱逃走，是吗？给她开门关门，是吗？别说不是！你们已经跳进黄河也洗不清了！"

"老太太……不……不是啊……"慈妈抖得言语都不清了，"咱们是……是出去散步……散步……"

"散步！"奶奶吼得好大声，"你把我当三岁小孩吗？"她用拐杖一指梦寒，"你给我从实招来，他们去了什么地方？我现在都明白了，她会停止绝食，就是你在给她出主意，你放走了她！你这个吃里爬外的下贱女人！咱们家就败在你手上，毁在你手上！当初若不是你冷若冰霜，靖南不会死于非命，今天若不是你穿针引线，靖萱不会和人私奔！你这个心术不正的妖孽！"梦寒听着这样的指责，真是又惊又痛又委屈，她激动地叫了起来："不……您怎能把我说得如此不堪啊！"

"别在我面前喊冤，你的心术正不正，咱们彼此心里都有数！""就算我再怎么心术不正，我也没有出卖这个家，没有对不起任何人！"梦寒凄楚至极地喊着，"我宁可自己受凌迟之苦，被千刀万剐也认了，天知道我是怎样的一片心！"

奶奶冲了过来，抓着她的肩膀一阵乱摇：

"你少装模作样了！我现在没有时间来跟你细细地算，什么叫凌迟之苦，千刀万剐！这个家让你衣食无缺地做少奶奶，给你的感觉竟是这样八个字！你这女人有一颗怎样的心，天知地知，不言而喻了！我慢慢再跟你算这个，现在，你先给我说！你把靖萱弄到什么地方去了！说！"

"我不知道啊！"梦寒咬紧牙关喊，"我真的真的不知道啊！不是我放走的，不是不是啊……"

"你故意不招，你故意要气死我！"

奶奶用力一推，梦寒站立不稳，跌了出去，脚下一绊，绊倒了椅子，她就连人带椅子一齐摔落于地。此时，雨杭、牧白、文秀，连书晴和奶妈都奔了过来。慈妈已经发疯般地在狂叫着："救命啊！救命啊！奶奶要打我们小姐啊……"

奶奶本无意对梦寒动手，却被慈妈这一喊，喊得心头火起，当下就高高地举起拐杖，用拐杖头对着梦寒的背，狠狠地砸了下去。顿时间，有个声音疯狂般地大吼着：

"不可以！"这声"不可以"叫得真是肝胆俱裂，同时，声到人到，雨杭已飞扑过来，整个身子扑在梦寒身上。龙头拐就重重地砸在他的背脊上，发出"砰"的一声巨响，这一拐杖正好打在脊椎骨的下方，尾椎骨上面。雨杭顿时痛彻心扉，不禁脱口大叫：

"哎哟……"

奶奶骇然退步，拐杖掉落在地上，她惊怔地看着地上的雨杭和梦寒，如此地舍身相护，忘形一扑，使奶奶在刹那间有所知觉。但，更让她惊惧的，是这一棍如此沉重，不知道有没有伤到雨杭？打在梦寒身上她不会心痛，打在雨杭身上，她却惊慌失措了。她颤巍巍地走上前去，本能地就向雨杭伸出手，想要去扶他，嘴里喃喃地说着：

"雨杭……我……我……"

她的手才刚碰到他的头，他就怫然地一把拨开奶奶的手，愤愤地嚷："别碰我！"奶奶一震，接触到雨杭愤怒如狂的眼神，这眼神像两支利箭，直刺向奶奶的心坎。奶奶竟身不由己地退了一步。雨杭死死地盯着奶奶，颤声地问：

"你知不知道这拐杖是可以打死人的？你知不知道它有多重？今天是我挡住了，如果打在梦寒身上，她瘦骨伶仃的一个女子，怎么承受得住？这是脊椎骨，打断脊椎骨会造成终身残疾，你知道吗？为什么要下这样的重手？难道曾家不是仁义之家，而是暴力之家吗？"

奶奶何曾受过这样的抢白，气得脸都绿了，恼羞成怒地一瞪眼："你……你这样子吼我，简直是反了！我教训我的孙媳妇，关你什么事？我这也不是头一回拿拐杖打人，谁又叫我给打残废了？梦寒行为不端，放走靖萱，我就要打！打出她的实话来！不要你管！你给我让开！"

"我就是管定了！"雨杭一边吼着，一边夺下拐杖，在众人的惊呼声中，迅速地冲到门口，把拐杖像掷长矛似的掷了出去。奶奶惊得目瞪口呆，牧白已冲上前去，抓住雨杭的手，急急地喊："你疯了吗？怎么可以这样对奶奶？"

梦寒的眼泪滴滴答答地往下直掉，跪爬过去，急切地痛喊着："雨杭！求求你不要再冒犯奶奶了！奶奶生气，让她打两下就是了！求求你别搅和进来吧……"

奶奶看着梦寒，再看看雨杭，又痛心又愤怒又怀疑地说：

"你这样护着她？难道放走靖萱，也有你的份？"她的眼神凌厉，声音尖锐，"我懂了！你们两个，一个负责靖萱，一个负责秋阳，里应外合，演了这样一出戏，对不对？是不是你们两个人联合起来做的？说！好，不说是吧！来人呀！给我把梦寒关进祠堂里去！"

"扑通"一声，牧白对着奶奶直挺挺地跪下了："娘！"他痛楚地喊着，"事情没有弄得很清楚，千万别屈打成招呀！现在，家里已经乱成一团，孩子们走的走了，死的死了，请您千万息怒，别把仅有的也逼走了！"

奶奶听牧白这样一说，心都绞痛了。此时，才四岁大的小书晴，也奔了过来，学着牧白的样子，对奶奶"扑通"一跪，哭着喊："太奶奶！不要打我的娘！不要关我的娘！"

奶奶看着跪在自己面前的两个人，憔悴的牧白，小小的书晴，心里一酸，想到自己从二十岁守寡，守到今天，守得家破人亡！几十年的悲痛都涌上心头，泪水，竟也夺眶而出了。她吸了吸鼻子，沙哑地说："罢了，罢了……"她回过身子，文秀早已拾回了她的拐杖，过去搀扶着她回房去。她握住拐杖，双手簌簌地抖个不停。扶着文秀，拖着拐杖，她颤巍巍地，脚步颠簸地，蹒跚地走了。

这边，奶奶和文秀的身影刚刚消失，牧白和梦寒就同时扑向了雨杭："你被打伤了吗？要不要请大夫……"牧白问。

"你怎么要这样扑过来？万一打到头上怎么办？"梦寒问。

牧白和梦寒同时问了出来，立刻不由自主地彼此对看了一眼。梦寒为自己的忘情一惊，牧白却为梦寒的忘情也是一惊。雨杭吃力地站了起来，深深地看了梦寒一眼，未能走成的沮丧依旧烧灼着他，他憋着气说：

"背上不痛，痛在这里！"他一拳捶在胸口上，掉头就走了。梦寒一震，心中紧紧地抽痛了。她走过去，把小书晴紧揽在怀里，似乎唯有用这小小的身子，才能压住自己那澎湃的感情。牧白再看了她一眼，忽然间，他感到无比的恐惧和无比的忧愁。那种隐忧，比靖萱的出走，更加撕痛了他的心。

第十四章

　　一连好几天，曾家就在忙忙乱乱中度过了。所有的家丁、仆人，都依旧在各条大街小巷、码头车站，找寻靖萱和秋阳，也依旧是踪影全无。奶奶到了这个时候，仍然要维持曾家的体面，不愿闹得尽人皆知。但是，下人们这样大规模地找人，消息总有一些儿走漏，街头巷尾，茶楼酒肆，已有人在窃窃私语，谈着曾家的艳闻，七道牌坊竟锁不住一颗跃动的春心！曾家当初逼死了一个卓秋桐，天理回圈，一报还一报！毕竟赔上了自家的黄花大闺女！卓家和曾家的冤孽牵缠，让人惊叹！牧白听到这些闲言闲语，心里真是难过极了。又怕惊动了曾氏家族，那就会引起族长出来追究。在白沙镇，"曾"是个大姓，仍然有自己的族长和自己的法律。曾氏族长九太爷德高望重，一言九鼎。对所有曾家的纠纷，审判严厉。所以，牧白一方面要塞悠悠之口，一方面还要瞒住奶奶，只得叫下人们闭紧嘴巴，心里真是痛苦极了。但，奶奶是何等厉害的角色，早就从张嫂、俞妈那儿听到了不少，奶奶忍着憋着，心里的积怒是越来越深，越来越重。

这天，已经是七月二十八日了。雨杭皱紧的眉头渐渐地松开了，梦寒似乎也搁下了心中重担。餐桌上见面时，两人常会交换一个短暂的眼光，这眼光使牧白的隐忧加重，使奶奶的情绪绷得紧紧的，心头的疑云和怒火，都一触即发。

这天下午，老尤拿着一封刚收到的电报要送到雨杭房里去。这封电报被牧白截了下来，打开一看，上面像打哑谜似的写着："二十二结二十五行均安"。

牧白见了这几个字，心中的怀疑全都证实了，他握着电报，直冲进雨杭的房里，把电报重重地往桌上一拍，问：

"这是什么意思？你告诉我！"

雨杭拿起电报看了看，整个神色立刻松弛了。他抬眼看着牧白，唇边竟浮起了一个微笑。他吐出一口长长的气，真挚而坦白地说了："这是江神父打来报平安的电报！干爹，请原谅，我不忍心看到他们两个为情煎熬，又无法说服你们成全他们，所以，只好铤而走险了！这一切都是我做的，我安排的，与梦寒毫无关系，你们别再冤枉梦寒了！这封电报是说，秋阳和靖萱已经在二十二日那天，行了婚礼，成了夫妻了！二十五日那天，他们上了一条船，如今船在海上已经走了三天了！他们离开中国，到英国去了！所以，大家也不要再徒劳无功地找寻了！好了，我现在心里的一块石头总算落了地，我这就去找奶奶坦白一切，任凭奶奶处置，以免梦寒背黑锅！"

他说着，往门口就走，牧白伸手，一把抓住雨杭，大吼着："你给我回来！不许去！"他把雨杭摔进椅子里，盯着他问，"你计划这一切，梦寒也参加了，对不对？所以，梦寒那天夜里，在花园里面！你们确实像奶奶所分析的，是一个里应，一个外合，是不是？"

"不是不是！"雨杭连忙说，"梦寒会在花园里，完全是个巧合……""巧合？"牧白吼了起来，"到了这个时候，你还要糊弄我？咱们父子一场，你居然这样欺骗我？你不要再撒谎了，你给我实话实说，梦寒在这场戏里，扮演的是什么角色？"

雨杭豁出去了："干爹，你别再吼我了！你问我梦寒在这场戏里扮演什么角色，简直就是拿刀子在剜我的心！我对梦寒的心事，你最清楚，眼看着我们痛苦挣扎，你一点也不施以援手……你要实话，我告诉你实话，船票是我为梦寒和我买的，婚礼也是为我们两个准备的，谁知我回到家里，竟杀出一件靖萱的事来，逼到最后，大家决定集体逃亡……所以，二十日的晚间，要走的不只靖萱，还有我、梦寒、慈妈和书晴！如果不是书晴突然惊醒大哭，使梦寒在刹那间失去了勇气，现在，我们已经全体在那条驶往英国的船上了！"

牧白脚下一个踉跄，差点摔倒。他跌坐在一张椅子里，嘴里喃喃地叫着："天啊，天啊，天啊，天啊……"

就在此时，房门"豁啦"一声被冲开了，奶奶脸色惨白地站在房门口。"好极了，"奶奶重重地喘着气，眼光死死地盯着雨杭，声音冷如冰，利如刀，"总算让我知道事实真相了！"

"娘！"牧白惊喊，从椅子里又直跳了起来，"您……您都听到了？""看到你拿着电报鬼鬼祟祟地进来，我就知道不简单！幸好我过来听一听！原来，咱们家养了一个贼！"她的声音陡地尖锐了起来，发指眦裂地用手颤抖地指着雨杭，凄厉至极地怒骂着："你……好一个干儿子啊！罔顾伦常，勾引弟妇，还教唆妹妹同流合污，勾结外人来颠覆这个家，把历代承传的美德荣誉全毁于一旦，你的所作所为，等于是鞭祖宗的尸，活生生地凌迟咱们！我……我……我找不出字眼来形容你，你不是人！你是魔鬼投的胎，你是魔鬼化的身！"她回头急喊，"文秀！你带张嫂和俞妈，给我把梦寒抓到大厅里去，我今天要清理门户！"梦寒被押进了大厅，还没站稳脚跟，奶奶已对着她一耳光抽了过来，"无耻贱人！你水性杨花，吃里爬外，下作到了极点！身为曾家的寡妇，你勾引男人，红杏出墙！败坏门风……叫靖南在地下怎么咽这口气？"她"啪"的一声，又是一耳光抽过去，梦寒被打得摔落于地。雨杭又飞扑了过来，大吼着：

"别打她！别打她！"他怒瞪着奶奶，"你要打人，尽管冲着我来，不要动不动就拿一个不敢反抗你，也不能反抗你的弱女子来出气！""老尤、老杨、大昌、大盛……"奶奶怒喊，"给我抓牢了他，不许他过来！这样忘形，成何体统？"她抬眼怒看雨杭："梦寒好歹是我们曾家的媳妇，你给我收敛一点，否则，我保证你会后悔！"老尤、老杨等人，已经扑过去，抓住了雨杭，雨杭奋力挣扎，大昌、大盛抱腰的抱腰，抱腿的抱腿，他根本动弹不得。于是，他大声地，激动地喊着：

"梦寒会弄到今天的地步，在这儿受尽苛责辱骂，百口莫辩，就因为她太善良太柔软了！就因为她有太强的责任心，太重的道德包袱，就因为她舍不得你们，狠不下心肠，我们才没有在二十日晚上，和靖萱一起远去！否则，我们早就和靖萱一样，远走高飞了！如果那样，你们还能找谁来算账！所以，我求求你们，诚心诚意地求求你们，正视她的悲哀，她的苦楚，别让道德礼教遮住你们的眼睛，封闭了你们的心灵！梦寒只是个可怜的女人，她没有罪，她无法控制她生命中的每一件事！结婚，守寡……一切都身不由己，连她生命里最大的灾难，我的存在，也是她无法逃避的事！如果真要追究谁有错，就是命运错了，老天错了！我和梦寒，真心相爱，我愿意用我整个生命，来给她幸福和快乐……她是你们曾家的媳妇，总算和大家都有缘，为什么你们不愿再给她一次机会？而要把她给活埋了呢？"雨杭喊得声嘶力竭，一屋子的人听得目瞪口呆。奶奶听了这样的话，更加怒不可遏，厉声地喊：

"满口胡言！梦寒生是曾家的人，死是曾家的鬼！没有别的路子可走！不要以为守寡是多么不堪和残忍的事，曾家历代的祖宗，都把它视为一种基本的操守，就是奶奶我，也是这样活过来的！为什么独独到了你这儿，就变成不人道，变成活埋了？因为你放荡，你下流！现在你活着要玷辱曾家，那么，你只好死去，来保存名节！"

梦寒浑身一凛，雨杭大惊失色，牧白也脸色惨白了。

"娘！"牧白激烈地说，"不可以！绝对不可以！咱们家里的悲剧已经够多了，生离死别的痛楚，也经历得太多了！再也不要去制造悲剧了！""这悲剧不是我制造的，是他们两个制造的！"奶奶痛喊着，"梦寒拜过贞节牌坊才嫁进曾家，如今，却让曾家蒙羞！这样的女人，即使我不要她死，她还有脸活下去吗？"

梦寒再也听不下去了，从地上爬了起来，风一般地往门外冲去，嘴里大叫着："你们一定要我去死，我这就去自行了断！"

"梦寒……"雨杭狂喊，势同拼命地用力一挣，竟把家丁们都挣开了，他没命地冲了过去，一把抓住了梦寒，摇着她的胳臂，声泪俱下地说，"你要去自行了断？你怎么可以对我这么狠心，这么残忍？你已经做了一次大错特错的决定，就是没有跟我走，现在你还不为我坚强，不为自己争到最后一口气？你居然被几句话就打倒了？就要去了结自己？那你要我怎么办？你明知道，你的生命和我的生命已融为一体！你要了断的，不是你一个人！而是我们两个人！"

梦寒瞅着他，真是肝肠寸断，泪落如雨。

牧白"扑通"一声，又在奶奶面前跪下了：

"娘！虎毒不食子呀！你逼死梦寒，只怕也逼死了雨杭！咱们曾家，只剩下他这一个儿子了！您千万不能铸成大错，把自己的嫡亲孙子，逼上死路！"

此话一出，满屋子的人都震惊不已，文秀尤其震撼，整个人都呆住了。奶奶瞪着牧白，气得浑身发抖，终于爆炸般地吼了出来：

"你又要搬出那套来混乱我！我就是被你那个荒谬绝顶的故事给害了，否则我早在发现他们有暧昧之嫌的时候，当机立断地撵走了雨杭，不会给他们任何苟延残喘的机会，那也不至于养虎为患，弄到今天这种地步！今天咱们家要是家破人亡，全都是你给害的，因为你那个该死的故事，抓住了我的弱点，叫我信以为真，什么雨杭是你的私生子！见鬼的私生子！他是魔鬼之子！我再也不会相信这套谎言了！"

"不不！"牧白急切地喊着，"他真的是我的儿子，是我嫡嫡亲的儿子啊！是我的亲骨肉啊！"

"干爹！"雨杭痛苦地叫着，"你那个时候为了替我解入赘之围，瞎编胡诌一番话，我也不计较那么多，可你现在不必为了救我而故技重施，我不想为了保命而丧失人格，何况私生子也不是什么光彩的事！今天我已经看透了这个家的真面目，管他什么真儿子、私生子、干儿子，我都不屑为之！"

"你听听看！你听听看！"奶奶气极地看了一眼雨杭，再掉头看着牧白，"这样一身反骨的坏坯子，你……你还要说他是你的亲骨肉，打死我我也不信！"

"你们究竟在说些什么？"文秀听得糊里糊涂，再也忍不住地插进嘴来，"什么私生子？什么亲骨肉？什么真的假的？为什么没有人告诉过我？"

"因为它是一个天大的假话！"奶奶怒气冲冲地说，"没有人会去相信的鬼话！永远没有证据的瞎扯……根本不值得去告诉你!""它是真的,是真的啊!"牧白一急,眼中充泪了。他抓住奶奶的手摇了摇,又去抓雨杭的手:"我有证据!我有证据!雨杭,请你原谅我,你实在是我嫡嫡亲的亲生骨肉啊……"他回头对着惊愕的众人喊,"你们等我,我去把证据拿来,那是我心中藏了三十几年的秘密,我这就去拿……马上就拿来了,你们等着,等着啊……"他掉头跟跟跄跄地,跌跌撞撞地跑走了。一屋子的人全傻住了。

梦寒也被这样的变化惊呆了,愣愣地看着雨杭,她终于明白了。怪不得牧白对雨杭,是如此重视,如此疼爱,原来如此!奶奶直觉地感到,有一个大的秘密要拆穿了,即使是在激动与纷乱之中,她仍然屏退了所有的闲杂人等。大厅里留下了奶奶、雨杭、文秀和梦寒。

牧白手捧着两本陈旧的册子,匆匆地跑进来了。他打开其中一本,送到奶奶面前,又打开另一本,送到雨杭面前。他就站在雨杭身边,急切地翻着那本册子,口中不停地说着:

"雨杭!这是你娘的亲笔日记,从我们如何认识到如何定情,到你的出世,她都写得清清楚楚。她是个好有才气的奇女子,是我负了她,使她心碎而死!这段往事,是我心中最深刻的痛!使我三十二年来,全在悔恨中度着日子!现在你明白了吗?你的娘名叫柳吟翠!个性刚烈,当你出生满月的时候,你娘要我为了你,正式娶她,我因家世悬殊,且已和文秀定亲,所以不曾答应,你娘一怒之下,在一个大风雨之夜,抱着你飞奔而去,从此和我天人永隔!原来,她把你放在圣母院门口,自己就去投湖自尽……我后来用了十五年的工夫，才在圣母院把你重新寻获。因为江神父再三警告，说如果我说出了真相，你会恨我，会远离我而去，使我没有勇气相认……现在，事情已逼到最后关头，我不得不说了。你瞧……你瞧……"他抖着手去翻找着："你看这一页！"他找到了那关键性的一页，"在这儿！"

奶奶、文秀、梦寒，都情不自禁地伸头来看。只见那一页上面，有非常娟秀的字迹，写着八个隶书字：

情定雨杭，地久天长！

"你娘的字，写得非常好，尤其是隶书，写得最漂亮。我和你娘认识的时候，正是杭州的雨季，所以，她写了这八个字，我后来用她的字，去打造了一块金牌，雨杭，就是你脖子上戴的那一块！你拿出来对对笔迹，你就知道，我今天所说，没有一句虚言了！"雨杭瞪着那本册子，瞪着那八个字，他拉出了自己的金牌，匆匆地看了一眼，不用再核对了，他什么都明白了！这个突发的状况，和突然揭露的事实，使他完全混乱了，使他所有的思绪都被搅得乱七八糟。他把那本册子紧紧地拥在胸口，不知是悲切还是安慰，只觉得整个人都变得好空洞，好虚无。怎么会这样呢？他抬头昏乱地看了牧白一眼，喉咙紧促地说："不不不！我不能接受这个事实，我不要相信这件事！"

"不要排斥我！雨杭，雨杭……"牧白迫切地抓着他的手，"这一回，我不让你再逃避，我自己也不再逃避了！我要大声地说出来，喊出来，你是我的儿子，是我最宠爱的、最引以为傲的孩子呀！"文秀激灵灵地打了个冷战，猛地一抬头，目光幽冷地盯着牧白。牧白全心都在雨杭身上，对这样的眼光，是完全没有感觉的。"雨杭……"奶奶走了过来，她的手中，捧着另一本册子。此时此刻，她是真正地、完全地相信了。从来没有一个时刻，她对雨杭的声音充满了这么深切的感情，刚刚才把他骂成"魔鬼"的事，奶奶已不想记忆，只想赶快抓住这风雨飘摇的一条根："原来你是咱们曾家的骨肉，这些年来，是奶奶委屈你了，如今真相大白，让咱们重新来过……"

"不！"雨杭大喊出声了，"我不要这样！这太不公平了！我永远不要承认这件事！"他目光狂乱地盯着牧白，"早在当初你找到我的时候，你就该做今天的事！把真相一五一十地告诉我，让我知道自己从何而来，为什么沦为孤儿。然后让我自己决定怎样看待你！可你却隐瞒一切，以恩人的姿态，骗取我的信任跟尊敬，然后一路操纵我，使我挣扎在恩深义重的情绪下，动辄得咎……使我在孤儿的自卑和义子的感恩之间混淆不清，在寄人篱下的委屈和饮水思源的冲突中不断地挣扎，周而复始地在维持自尊与放弃自尊之间矛盾不堪……我在曾家这许多年，你弥补了什么？你给了我更多更多的折磨和伤痛啊……""我知道，我知道……"牧白急促地接道，"我也一样啊！每天在告诉你真相或不告诉你之间挣扎，我也挣扎得遍体鳞伤、头破血流啊！雨杭，你不要生气，你想想看，这些年来，我试探过你多少次，明示暗示，旁敲侧击，可你哪一次给过我和平的答复？你对你的生父生母，总是充满怨恨，听得我胆战心惊、七上八下，你说，我怎么敢冒险认你呀！我最怕最怕的事，就是失去你啊……"

"可是你现在就能保住我吗？你怎么有把握能保住我？你居然敢告诉我，你把我那可怜的母亲逼上绝路！你害我做了这么多年的孤儿！你和我娘，有'情定雨杭，地久天长'的誓言，毕竟敌不过你的门第观念，这种无情，原来是你们曾家的祖传……""孩子啊！"牧白伤痛已极地打断了他，"你的怨，你的恨，我都了解，我不渴望你一下子就能谅解我，走到这一步，我已经无所保留了！我对不起你娘，也对不起你，亏欠你之深，更是无从弥补……如果我能付出什么，来让你心里好过一点，来终止这个家庭的悲剧，哪怕是要我付出性命，我也在所不惜啊……"雨杭遽然抬头，眼光灼灼然紧盯着牧白，激动地冲口而出："成全我和梦寒！"这句话一说出口，梦寒一凛，奶奶一凛，牧白一凛，文秀也一凛。室内有片刻死样的沉寂，然后，牧白一下子就冲到奶奶面前，不顾一切地喊了出来：

"娘！咱们就成全他们吧！咱们放他们走，让他们连夜离开白沙镇，让江神父去给他们行婚礼……婚礼一旦完成，就什么人都不能讲话了！""不！"忽然间，一个惨烈的声音，凄厉地响了起来，竟是文秀，她听到此时，再也忍不住，整个人都崩溃了，她哭着冲向牧白，痛不欲生地喊着，"我现在才明白了，你是这样一个伪君子！这么多年来，你把你所有的父爱，都给了雨杭！你使靖南郁郁不得志，这才死于非命！为了你这个私生子，你牺牲了你的亲生子，现在，你还要夺走靖南的妻子，去成全你的雨杭？你让靖南在地下如何瞑目？你让我这个做娘的，如何自处……"牧白睁大眼睛，似乎此时才发现房里还有一个文秀，他烦躁地说："你不要再搅和进来了，现在已经够乱了，靖南我们已经抓不住了，留不住了，再多的悔恨，也没有用了！但是，雨杭和梦寒，却是活生生的，让我们停止一天到晚都为死者设想，改为生者设想吧！"他再掉头看奶奶，"娘！那七道牌坊的沉沉重担，我们也一起挣脱了吧！"

奶奶眼睛看着远方，整个人都失神了。她跌坐在椅子里，不能思想，不能分析了。文秀看看奶奶，看看雨杭和梦寒，看看她爱了一生的那个丈夫，到此时才知道这个丈夫从未爱过她。在这个家庭里，她生儿育女，再失去所有的子女，到老来，还要承受丈夫在外面有儿子的事实……她被这所有的事情给撕碎了，她不能忍受这个，她也不能接受这个……

她站起身来，转身走出了房间，屋子的几个人，都深陷在各自的纷乱和痛楚里，根本没有人发现她的离去。她轻飘飘地走着，觉得自己在这个家庭中，好像是个隐形人。她就这样走出了曾家大院，一直走向曾氏族长，九太爷的家里。于是，曾家的家务事，变成了整个白沙镇的事。

第十五章

第二天一早，由九太爷带头的曾氏八大长老，全体到了曾家。他们进了曾家的祠堂，在里面和奶奶、牧白、文秀做了长达两小时的协商。没有人知道他们谈了些什么，然后，雨杭和梦寒被带进了祠堂里。两人抬头一看，只见八大长老威严地在祠堂前方，坐了一排，奶奶、牧白、文秀坐在两边，人人都面色凝重，表情严肃。

梦寒这才明白，她是上了"法庭"，等待"审判"和"处决"。"梦寒！"九太爷严厉地开了口，他白发飘飘，白须髯髯，自有一股不怒而威的气势，"你的婆婆已经向我们揭发了你的罪行，现在我亲自问你一句，你承不承认？"

梦寒低垂着头，被这样"公开审问"，她实在羞惭得无地自容。"我承认！"她低低地说。

"大声说！"九太爷命令着。

梦寒惊跳了一下，脸色苍白如纸。

"我承认！"她不得不抬高了音量。"你承认和江雨杭发生不轨之恋情，罔顾妇道，伤风败俗，逾礼越法，紊乱伦常，是也不是？"

梦寒被这样的措辞给击倒了，额上冷汗涔涔，身子摇摇欲坠，还来不及说话，雨杭已不顾一切地冲上前去，喊着说：

"都是我勾引她的，诱惑她的！你们数落她的罪状，应该都是我的错！你们别审她，审我吧！何必去和一个弱女子为难，要怎么办，就都冲着我来吧！这件事无论如何都是我在主动呀……""放肆！"一个长老大声说，"这是咱们曾氏宗族的家务事，自有九太爷定夺，你没有资格说话！"

雨杭着急地看着这八个道貌岸然的长者，忽然觉得，他们和曾家门外那七道牌坊长得很像，只是，七道牌坊不会说话，而这八大长老会说话。如果自己要去和这八大长老说道理，就好像要去对石头牌坊说道理一样，笨的不是牌坊，是对牌坊说道理的那个"人"！他一肚子的话，此时一句也说不出来了。"梦寒！"九太爷再说，"关于你的情形，我们八大长老已经做了一个决定！因为你的公公再三陈情，咱们才网开一面，给你两条路，让你自己选择一条路走！"

梦寒一语不发，被动地，忍辱地听着。

"一条路，剃度出家，一生不得还俗，不得与江雨杭见面，从此青灯古佛，心无杂念，了此残生！"

梦寒咬紧了嘴唇，脸色更加惨白了。

"第二条路，"九太爷继续说，"以'七出'中，淫荡之罪名被休，自曾氏族谱中除名，要出曾家门，得从七道牌坊底下过去，向每一道牌坊磕三个头，说一句：'梦寒罪孽深重，对不起曾家的列祖列宗！'过完七道牌坊，从此与曾家就了无瓜葛，再嫁他人，咱们也不闻不问！"

梦寒睁大眼睛，雨杭也睁大了眼睛，两人都像是在黑暗中见到了一线光明。梦寒这才抬头看了看九太爷，怯怯地问：

"此话当真？只要通过牌坊，磕头告罪，那……就可以还我自由之身？"众长老冷然地点头。奶奶盯着梦寒，激动地说：

"梦寒！为了维持我家清誉，选第一条路！即使是青灯古佛，你还是书晴的娘，如果你选择了第二条，你和书晴就永无再见之日！"梦寒惊痛地抬头，哀恳地看着奶奶，凄楚地喊：

"不！你不能这样待我，请你不要剥夺我做母亲的权利！你们都有过失去孩子的痛楚，为什么不能体谅一颗母亲的心？""如果你真的爱书晴，你就会为她的未来、为她的荣誉着想，那么，你怎么忍心去选择过牌坊？那是会被万人唾骂，遗臭万年的一条路！"奶奶严肃地说，"选第一条路吧！"

"梦寒！"雨杭急切地喊，"你什么路都不用选！现在是什么时代了？怎么可以私审私判？"他抬头怒视着八大长老和奶奶，"梦寒目前没有丈夫，她有权利爱人和被人爱！你们停止去膜拜那些石头牌坊吧！停止用人来活祭那些石头牌坊吧！你们看不出来这是很愚蠢很无知的事吗？……"

"雨杭！"牧白急喊，"不得对族长无礼！"

"我有第三条路，"雨杭叫着，"我带梦寒走，走得远远的，再也不跨进白沙镇一步！行吗？"

"哪有那么便宜的事？要断，就要断得干干净净，不管你的看法怎样，梦寒是曾家的媳妇，就要听曾家的安排，没有任何道理可讲！"九太爷威严地说，语气和态度都充满了权威，"你就是去告诉省里县里，官府中也要顺应民情！"

雨杭瞪视着九太爷，知道他的话并无虚言，不禁着急大叫："梦寒，你什么都不要选，看他们能把你怎样？"

"梦寒！"奶奶也喊，"快选第一条路，为你自己的尊严，为你女儿的未来，你别无选择，只有这一条路！"

"梦寒！"文秀也喊了，"你给靖南留一点面子吧！如果你选了第二条路，靖南在九泉下都不会瞑目的！"

大家你一言，我一语的，各喊各的，就是要梦寒选择第一条路。只有牧白神情忧郁，一语不发，似乎对这两条路都忧心忡忡。就在大家此起彼落的喊声中，梦寒猛然把头一抬，两眼中射出了清亮而坚定的光芒，她决定了，直直地挺直了背脊，高高地昂起了头，她语气铿然地说：

"我决定了！我选第二条路！我过牌坊，我给曾家祖宗磕头谢罪，因为那是我欠曾家的！债还完了，我和曾家的恩怨情仇就一笔勾销了，我再也不受良心的谴责，再也不为了这份爱而偷偷摸摸了！我向往这份自由，已经赛过了人世的一切！何况，这条路是通向我情之所钟、心之所至的一条路，我别无选择，无怨无悔！至于书晴，"她抬眼正视着奶奶，"她有一天会长大，当她长大的那个时代，我们谁都无法预测是怎样一个时代，但我可以肯定，她不会以我这个母亲为耻，她会以我为骄傲的！因为我没有让你们的牌坊压倒，因为我在这种恶劣的环境底下，仍然有勇气追求人间的至爱！"

她说完了，全屋子的人都有些震慑，连那八大长老，也不禁对她困惑地，深深地看着。雨杭的双眸里，几乎迸发出了火花，他热烈地注视着梦寒，用全心灵的震动，狂热地喊着："我不会让你一个人过的！我会陪着你！不管牌坊下有怎样的刀山油锅，我都和你一起来面对！"

事情就这样决定了。当天，梦寒在曾家的休书上盖了手印，立即被八大长老带到宗祠之中，去幽禁起来，等待明天过牌坊。行前，她甚至没有见到书晴一面。

那一天终于来了，梦寒被八大长老带到了曾家的七道牌坊之下。这七道牌坊，是梦寒今生的梦魇，还记得第一次从这牌坊下走过的种种情景，牌坊下万头攒动，人山人海……她被花轿抬来，在这牌坊下，第一次见到雨杭。五年后的今天，她又来到这牌坊下，放眼看去，不禁触目惊心。原来，白沙镇的居民又都倾巢而出了。牌坊下面，挤着密密麻麻的人群。而且，个个激动，人人兴奋。他们带着许多箩筐，里面装着菜叶烂果，还有许多锅碗瓢盆，里面装着汤汤水水，还有很多的人，拿着扫帚畚箕，棍棒瓦片……简直看得人心惊胆战。不知道他们要做什么。

曾家的人也都到了，除了书晴，被奶奶命令不得带来之外，连丫头、用人、家丁等都来了。奶奶和文秀站在八大长老身边，表情都十分严肃。牧白挨着雨杭，挤到了人群的最前方。雨杭一看这等阵仗，就脸色惨白了，他惊呼地说：

"天啊！为什么会惊动全村的人？为什么不是悄悄地磕头

就算了？怎么会这样？难道大家一定要处死梦寒才甘心吗？"

"我老早就警告过你……"牧白战栗地说，"你不相信我！我老早就跟你说，这不是你们两个人的事，这会是整个白沙镇的事，你就是不肯相信我……"

"不行不行……"雨杭喊着，想往梦寒的方向挤去，"不能过！梦寒！"他拉开喉咙喊，"算了算了，不要过了！"

梦寒听不到他说话，她已经被一片人声给吞噬掉了。慈妈没命地冲到梦寒身边，哭着大喊：

"小姐！你不要傻了！你看看有多少人？你走不完的！他们没有人要让你走完的！这是一个陷阱，你不要傻……"

"现在后悔可来不及了，"九太爷冷冷地说，"这是你自己的选择，没有回头路了，这七道牌坊，不由你不过！记住，每个牌坊下该说的词，一句也别漏！去吧！"

此时，群众已经等得不耐烦，开始鼓噪。拿着锅碗瓢盆，敲敲打打，嘴里大喊着："怎么还不过？快过牌坊呀！"

不知是谁开始的，一下一下地敲着锅盆，一声声地催促着："过！过！过！过！过！过……"

万人回应，吼声震天：

"过！过！过！过！过！过……"

梦寒的心一横，迅速地往前一冲，站在第一道牌坊底下，群众们尖声大叫了起来："看呀！这就是夏梦寒，不要脸的女人，丈夫死了没几年就偷人啊……""滚啊！滚出我们白沙镇！滚啊！滚啊……"

"淫妇！荡妇！婊子！弄脏了咱们白沙镇的七道牌坊……"

"下流卑鄙的女人！滚出去！滚出去！滚出去……"

伴着这些不堪入耳的咒骂，是那些蔬菜烂果、砖头瓦片、汤汤水水……全都往梦寒身上抛撒过来。梦寒被泼洒了一头一脸，身上中了好多石块，她已不觉得疼痛，心里只是模糊地想着，所谓的"地狱"，大概就是这种景象了！她在第一道牌坊下跪了下去，在一片砖头瓦砾的打击中，匆匆地磕头，哭着说："梦寒罪孽深重，对不起曾家的列祖列宗！"

说完了，她爬起来，开始往第二道牌坊跑去。更多的垃圾抛向了她，其中还包括了一阵飞沙走石，迷糊了她的眼睛。她已发丝零乱，满脸都是污水、汗水和泪水。曾家的人伸长了脖子在看，看得人人都变色了。奶奶脸色惨白，文秀也魂飞魄散了。雨杭死命想冲上前去，牧白和家丁们死命地拦着他，牧白对他狂吼着："你不要去！你帮不上忙，这段路必须由她一个人走完，否则，会给八大长老借口，他们会说不算数的！梦寒已经受了这么多罪，你让她走完吧！"

"梦寒！梦寒！梦寒！梦寒……"雨杭凄厉地喊着，发疯发狂地挣扎，挣脱一边，又被拦腰抱住，踢开一人，又被死命拽住。

梦寒在第二道牌坊下磕头了：

"梦寒罪孽深重，对不起曾家的列祖列宗……啊……"一块砖头击中了她的额角，她不禁痛喊出声了，血，从发根中渗了出来。一个女人拿了一支扫帚跑过去，飞快地就给了梦寒一扫帚。梦寒跌倒在地。群众高声呼叫着：

"打得好！打得好！"更多的人就拿了棍棒和扫帚来打梦

寒，梦寒简直站不起来了。菜叶和烂果对着梦寒飞砸而来，快要把她给埋葬了。

雨杭发出一声撕裂般的狂叫：

"啊……这太残忍了……"就又摔又蹦又挣又踹地挣脱了家丁，拨开群众，势如拼命地冲了过去。牧白急呼着：

"雨杭！你要干什么？雨杭！你快回来……"

牧白哪里喊得住雨杭，他已三步两步地奔到梦寒身边，俯下身子，他一把扶住了梦寒。

"梦寒！"他不顾一切地痛喊着，"我来了！这是我们两个人的事，不是你一个人的！我来陪你一起跪，一起挨打，一起受辱，一起磕头，一起走完它！"

群众更加鼓噪起来："看啊！这一对狗男女！奸夫淫妇！"

"奸夫淫妇！奸夫淫妇！奸夫淫妇……"群众吼声震天。各种乱七八糟的东西都丢向了他们。

雨杭把梦寒的头紧揽在怀中，用双臂紧紧护着她，连抱带拉地把她拖向了第三道牌坊。

群众的情绪已经不能控制了，看到雨杭现身，拼命保护梦寒，使大家更加怒发如狂，所有准备好的东西都砸向了两人，这还不够，连那些锅碗瓢盆都扔过去了。这样，雨杭头上立刻被打破了，血流了下来。牧白看到两人已无法招架，而群众们还在失控地高叫："打死他们！打死他们！打死这对狗男女！打呀！打呀……"牧白再也受不了了。他突然从人群中冲了出去，飞舞着双手狂喊："不要打了！不要打了！"

他站到梦寒和雨杭的身边了，群众们怔了怔，搞不清楚是怎么回事，牧白忽然对着群众跪了下去，哀声大叫着：

"饶了他们吧！我才是罪魁祸首呀！所有的悲剧因我而起，我对不起曾家的列祖列宗！他们两个，只是一对深深相爱的可怜人啊！如果相爱有罪，世间的人，你你我我，谁没有罪呢？"他对群众磕下头去，"各位乡亲！高抬贵手啊……我给你们磕头了！我求求你们……"他对左边的人磕完了头，又转向右边的人，继续磕头，边磕边说："我罪孽深重，我罪该万死！求求你们！饶了这一对苦命的孩子吧！"他这个举动，使所有的村民都傻住了。梦寒和雨杭鼻青脸肿地坐在地上，也傻住了。八大长老个个瞪大了眼睛，也傻住了，奶奶张着嘴，也傻住了，文秀的震骇达到极点，也傻住了，全世界的人都傻住了。没有人再鼓噪了，所有的人，全都安静了下来。刹那之间，四周变得死样的沉静。牧白就在这一片沉寂中，继续给周围的人磕头，磕得额头都破了皮，血，从额上沁了出来。

雨杭首先恢复了意识，他扑过去，扶起了牧白。泪，顿时从雨杭眼里滚滚而下，他哽咽地，沙哑地低喊：

"爹！你怎可为我们这样做？"

这一声"爹"，叫得牧白也泪如雨下了。父子二人，相对注视，忘形地紧紧一抱，千言万语，尽在不言中。

奶奶挺立在那儿，两行老泪，也不由自主地滚下了面颊。文秀的泪，也扑簌簌滚落，对于自己去九太爷那儿告状的行为，此时，真是后悔莫及。梦寒挣扎着站起身来，挣扎着说：

"让我把它走完吧！""让我陪你把它走完吧！"雨杭搀扶着她。

"让我陪你们把它走完吧！"牧白说。

于是，他们三个，就这样彼此搀扶着，彼此关怀着，狼狈地，凄惨地，颠簸地，跌跌撞撞地走过了每一座牌坊，梦寒一一告罪，一一磕头，牧白和雨杭也跟着她磕头。八大长老看得出神，没有任何一个提出异议。群众已经完全被这种状况给震慑住了，大家鸦雀无声。

终于，七道牌坊都拜完了。

九太爷看着梦寒，声音不自觉地放柔和了：

"好了！夏梦寒，从今以后，你是自由之身了。"

梦寒和雨杭两个对看了一眼，双双转过身子，对着牧白再度跪倒，雨杭磕下头去，用那么热情、真挚、感恩的声音，低低地说："爹！孩儿叩别了！"

梦寒也和雨杭一起磕下头去。

牧白带着满心的震动，伸手去扶起他们两个。泪眼模糊，嘴唇颤抖，对他们两个看了好一刻，才抖抖索索地，哽咽地说："去吧！孩子们！但是，白沙镇还有你们的根，斩不断的根，当你们对白沙镇的恨，慢慢地淡忘以后，别忘了，这儿还有老的老，小的小！"这一句话，使梦寒的热泪又滚滚而下了。她爬了起来，脚步踉跄地走到奶奶面前，对奶奶又跪了下去：

"奶奶，我把书晴，交给你了！正像爹说的，如果有一天，您对我的恨慢慢地淡忘了，请通知我！让我能和书晴相聚，我会感激不尽！"奶奶昂着头，掉着泪，一句话都没有说。

梦寒回过头去，接触到雨杭那灼热而深邃的眸子。她把手伸给了他，挺直了背脊，坚定地，平静地，义无反顾地说：

"我终于可以在太阳底下说一句，我是你的了！请带我走吧！"雨杭伸手紧紧地握着她的手，两人穿过人群，脚步所到之处，群众竟都软软地让出一条路来。他们慢慢地走着，稳稳地走着，顺着牌坊前方那条大路，他们一直向前，不再回首，很快地，就把那巍峨的七道牌坊抛在身后了。慈妈带着一份虔诚的恭敬，追随在后面。

他们越走越远，越走越远，越走越远……终于消失了踪影。

这是白沙镇最后一次要女人"过牌坊"，也从这次以后，所有的曾姓家族娶媳妇，不再叩拜贞节牌坊。正像梦寒所预言的，未来的世界变幻莫测，当自由恋爱的风气如火如荼地蔓烧到白沙镇时，梦寒和雨杭的故事，竟成了那七道牌坊的"外一章"。大家很快就忘掉了牌坊所象征的忠孝节义，但是，梦寒和雨杭的故事，直到今天，仍然为白沙镇的居民们，津津乐道。

尾声

　　故事写到这儿，就已经结束了。但是，关于故事中的各个人物，我觉得仍有必要，为读者们补叙一下：

　　雨杭和梦寒，在杭州成立了"爱人小学"，把所有的精力，都投注在儿童教育上。江神父那儿收容的孤儿，都转到了"爱人小学"来，雨杭人手不够，卓家的一大家子人都来帮忙，卓老爹是园丁兼校工，卓老妈是保姆兼厨子，卓秋贵什么都干，从修补校舍到当司机。慈妈更不用说了，忙得晕头转向，专门照顾学龄前的那些孩子。三年后，靖萱和秋阳带着他们一岁大的儿子飞回杭州，也参加了这个事业，在学校里当老师。学校办得有声有色，只是资金常常匮乏，终于把牧白拖下了水，他卖掉了他的泰丰号，把资金都给了这座不会赚钱的学校。他自己，就在杭州和白沙镇两个地方跑来跑去，逐渐地，他在杭州停留的时间越来越长。等靖萱归来后，连文秀都偶尔会住到杭州来了。他们两老，早就原谅了靖萱，也接纳了卓家的人。只有奶奶，始终不曾离开过曾家大院，也始终不曾原谅过靖萱和梦寒。

梦寒在每年书晴的生日那一天，都会回到白沙镇，请求奶奶让她见书晴一面。奶奶虽然没有严词拒绝，但是，母女两人谈不了几句话，奶奶就会把书晴匆匆地带开。书晴，她一直是梦寒心中的"最痛"，雨杭也深深明白，却无法让这对母女重圆。奶奶早已失去了她的威严，失去了她的王国，失去了她每一个儿孙……她只剩下了书晴，因而，她把这仅有的财产，抓得牢牢的。这天，梦寒和雨杭又回到了曾家大院。梦寒手中，竟抱着一个才满月的婴儿。这惊动了整个曾家大院。牧白和文秀，那么震动而兴奋地奔过去，围着梦寒，抢着要抱那个小家伙。正在忙乱中，书晴牵着奶奶的手，从屋内走出来，书晴一看到梦寒和婴儿，就兴奋得不得了，她对梦寒飞奔过去，嘴里嚷着："娘！娘！是弟弟还是妹妹？"

"是个小弟弟呢！"梦寒说，蹲下身子，把孩子抱给书晴看。"哦！"书晴睁大眼睛看着那个小东西，激动地伸出手去，"娘！我可不可以抱一抱他？我会很小心很小心的！"

梦寒把婴儿放进书晴的怀里。她的眼光，热烈地看着她面前的一儿一女。如果书晴能回到她的身边，她的人生，就再无遗憾了！看着看着，她的眼中满是泪水，她伸出手去，把书晴和婴儿都圈在她的臂弯里。

"啊！娘！"书晴一眨也不眨地盯着那婴儿，惊呼着说，"他好漂亮啊！他的头发好黑啊……他睁开眼睛了……他笑了……啊！娘！他长得好像爷爷啊！"她抬眼看牧白，"爷爷，你说是不是？"牧白看着孩子，简直是目不转睛地、不停地点着头，真是越看越爱。奶奶伸长了脖子，对那婴儿看去，真的！那孩子和牧白小时候像极了。原来隔代遗传还可以这么强！她对那婴儿探头探脑，真想伸手去抱，又拉不下这个脸。当初那样激烈地把梦寒赶出门去，从来不曾承认过梦寒与雨杭的婚姻关系，如果对这孩子一伸手，岂不是全面投降了？但是，那孩子的诱惑力实在太强了。书晴瘦瘦小小的胳臂抱着他，不停地摇着，抱得危危险险的。奶奶只怕书晴抱不牢，摔着了孩子，双手就不由自主地伸过去，下意识地要护着婴儿。梦寒看到奶奶这个样子，就把孩子从书晴手中抱起来，轻轻地放进奶奶的怀抱中："咱们还没给他取名字，"梦寒温柔地说，"算起来是书字辈，奶奶以前给书晴取名字的时候，取了好多个男孩的名字，不知道哪一个好？是曾书伦好？还是曾书群好？"

此话一说出来，牧白和文秀的脸孔都发光了，各有各的震动。而奶奶，她紧拥着怀里的婴儿，一股热浪，蓦然从心中升起，直冲入眼眶中，泪，就完全无法控制地滚了出来，落在孩子的襁褓上了。她喉咙中哽咽着，泪眼看梦寒，到了此时此刻，才不得不承认，梦寒，她真有一颗宽厚仁慈的心！

"我比较喜欢书伦，"奶奶拭着泪说，"你们说呢？"

"那就书伦吧！我们也喜欢！"雨杭欢声说，"真巧！咱们私下讨论的时候，也都觉得书伦念起来挺顺耳的！"

"书伦！"奶奶低喃着，"书伦！我的小书伦！"她吻着婴儿的小脸，泪，继续滴在孩子的耳边。她用耳语似的声音，低低地说："太奶奶真的没有想到，可以有这么一天！我，还能活着看到你，小书伦……还能这样亲近地抱着你，小书伦……"这样柔弱的低诉，使所有的人，眼睛里都涨满了泪。

室内静了好一会儿，然后，牧白小心翼翼地说：

"娘！书晴已经满七岁了，是学龄儿童了，让她去杭州，到'爱人'接受学校教育吧！好吗？以后，不管是男孩还是女孩，都会进学校念书了，咱们别让书晴跟不上时代，好吗？"

听到牧白这样说，梦寒整个脸孔都被期望所燃烧起来了，她的眼睛，哀求地，渴望地，热烈地看着奶奶。而书晴，已忍不住激动地喊出来了：

"太奶奶！让我去！求求您！让我去！我好想好想去杭州啊！我好想好想和娘、大伯，还有小弟弟住在一起啊！"

"奶奶，我保证，您不会失去书晴，每当寒暑假，我都会带她回来的！"梦寒祈求地说，"不只带她回来，也会带书伦回来！您不会失去任何一个孩子，只会得到更多的孩子……因为，靖萱也好希望带孩子回来看奶奶呀！"

"奶奶！"雨杭十分感性地接了口，"不要再拒绝我们了，只要您肯张大您的手臂，会有一大家子的人等着要投进您的怀抱啊！"奶奶看着雨杭和梦寒，看了好久好久。然后，她吸了吸鼻子，迟疑地说："不知道杭州那个地方，天气好不好？如果我偶尔去住上两三天，不知道住不住得惯？"

梦寒大大地震动了，她看着奶奶，一个激动之下，竟忘形地扑上前去，一把就把奶奶那白发苍苍的头，和小书伦那小小的身子，一起拥进了她的怀中，她热情奔放地大喊出声：

"奶奶！你一定要去！那儿或者没有你引以为傲的七道牌坊，没有曾家的重重深院，但是，那里有山有水有西湖……这些都不重要，重要的是，那儿有你的子孙，他们已经把曾家的荣光，拓展到了另一个地方，那儿，永远充满了孩子的笑声吵声闹声……你会发现，这些声音是世界上最美妙的音乐！何况，这些音乐里，还有你的曾孙们所制造的！啊，奶奶，你会爱上那个地方的！"

奶奶不安地蠕动了一下身子，对梦寒这种表现情感的方式有些不习惯。但是，几十年都不曾被人这样拥抱过，竟在不安中，感到某种令人心酸的温柔。觉得自己整个人都变得那么柔软，那么脆弱，居然对这样的拥抱，有些欢喜起来。

于是，奶奶终于走出了她的重楼深院，在牧白和文秀的陪同下，去参加了书晴的"开学典礼"。在那儿，她见到了久别重逢的靖萱，见到了秋阳，见到了他们那个结实的胖小子，见到了她从不肯承认，却实在与曾家太"有缘"的卓家人，见到了从未谋面的江神父……她真是见到了许许多多的人物，每一次的见面，都带给她太深太深的震撼和感动。最让她难忘的一幕，是看到雨杭吹着他的萨克斯风，江神父竖着他白发萧萧的头，带着一院子的孩子，在那儿高唱着：

当我们同在一起，在一起，在一起，
当我们同在一起，其快乐无比！

她看到小书晴，她站在一群孩子中，唱得比谁都大声。

小小的脸庞上，绽放着满脸的阳光。她终于不得不承认，这，才是一个孩子应该成长的好地方！

——全书完——

一九九四年八月十日完稿于台北可园

（京权）图字：01-2025-0195

图书在版编目（CIP）数据

烟锁重楼／琼瑶著 . -- 北京：作家出版社，2025.1.
（琼瑶作品大全集）. -- ISBN 978-7-5212-3236-3

Ⅰ. I247.5

中国国家版本馆 CIP 数据核字第 202554UQ75 号

烟锁重楼（琼瑶作品大全集）

作　　者：琼　瑶
责任编辑：刘潇潇　单文怡
装帧设计：棱角视觉　纸方程・于文妍
责任印制：李大庆　金志宏
出版发行：作家出版社有限公司
社　　址：北京农展馆南里 10 号　　　邮　　编：100125
电话传真：86-10-65067186（发行中心）
　　　　　86-10-65004079（总编室）
E-mail: zuojia@zuojia. net. cn
http: // www. zuojiachubanshe. com
印　　刷：北京盛通印刷股份有限公司
成品尺寸：142×210
字　　数：125 千
印　　张：6.375
版　　次：2025 年 1 月第 1 版
印　　次：2025 年 1 月第 1 次印刷
ISBN 978-7-5212-3236-3
定　　价：2754.00 元（全 71 册）

品 琼 瑶 经 典

忆 匆 匆 那 年